KB114102

마 in 화산

용훈 新무협 판타지 소설

FANTASTIC ORIENTAL HEROES

마 in 화산 5

용훈 新무협 판타지 소설

초판 1쇄 찍은 날 § 2013년 5월 13일
초판 1쇄 펴낸 날 § 2014년 5월 20일

지은이 § 용훈
펴낸이 § 서경석

편집부장 § 권태완
편집책임 § 박가연
디자인 § 신현아

펴낸곳 § 도서출판 청어람
등록번호 § 제1081-1-89호
등록일자 § 1999. 5. 31
어람번호 § 제2-2484호

주소 § 경기도 부천시 원미구 부일로 483번길 40 서경B/D 3F (우) 420-822
전화 § 032-656-4452팩스 § 032-656-4453
http://www.chungeoram.com
E-mail § chungeorambook@daum.net

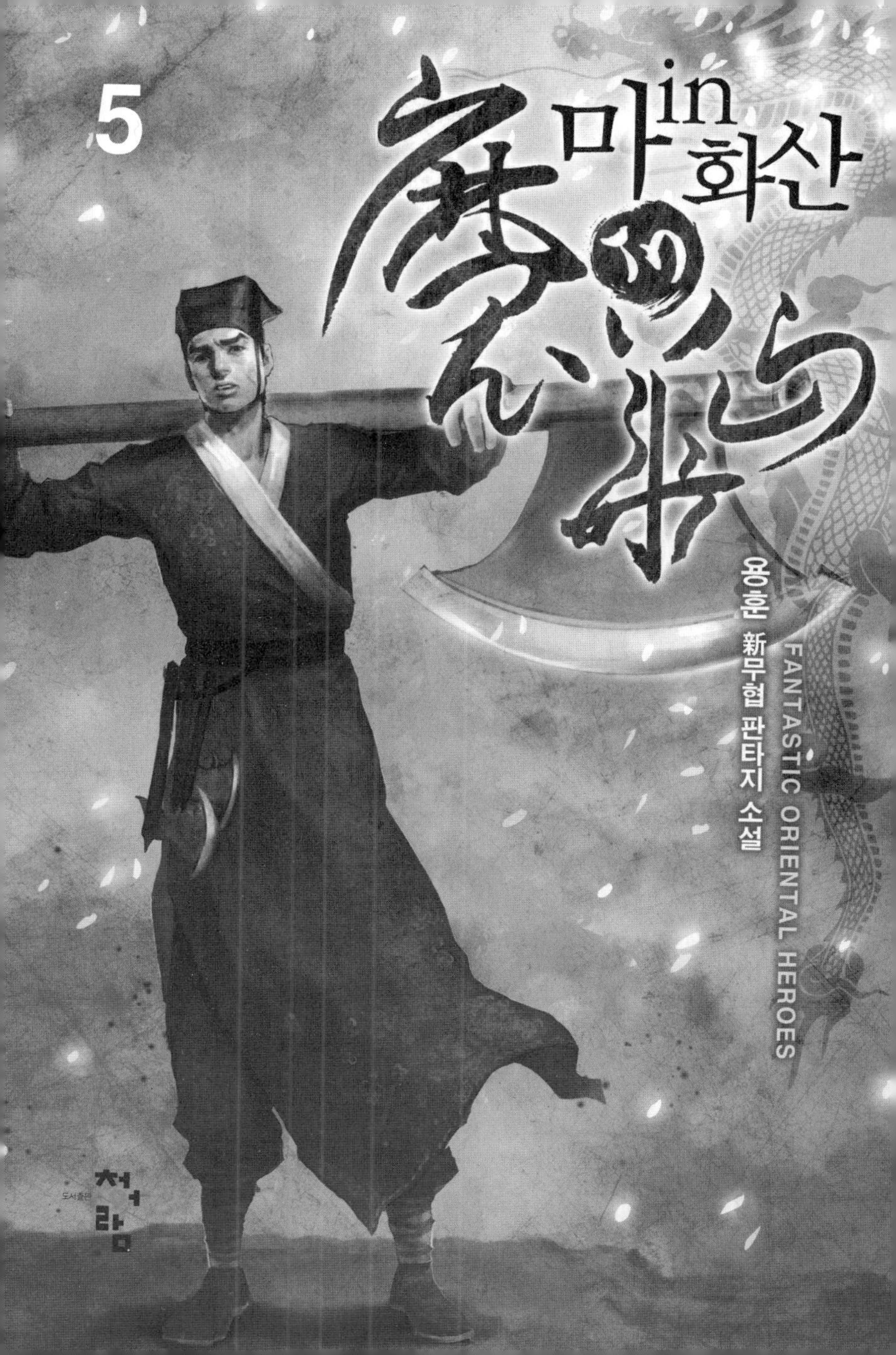
5
마 in 화산
용훈 新무협 판타지 소설
FANTASTIC ORIENTAL HEROES
도서출판 청람

目次

第一章

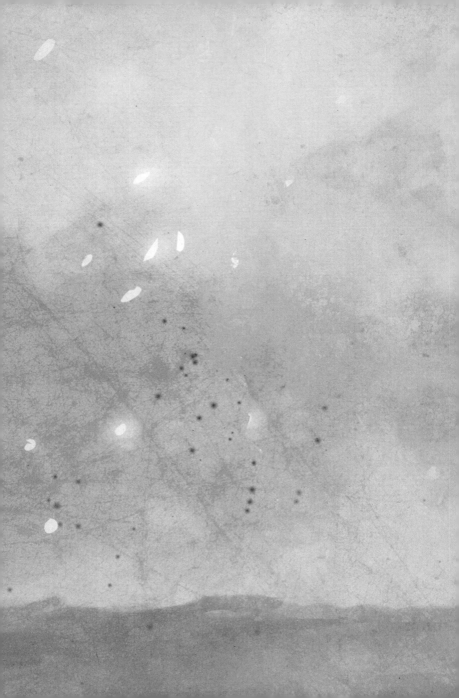

하늘과 땅을 진동시키는 거대한 외침.

"태사조님을 뵈옵니다!"

턱을 바짝 치켜든 채 입가에 히죽 미소를 짓는 소년 염호의 눈이 대평원 가득한 화산파 속가제자들을 훑어갔다.

염호의 입꼬리가 살짝살짝 떨렸다.

'그래, 그래. 니들 마음 다 안다.'

이제 판은 다 깔았다.

염호의 눈이 대평원의 반대쪽 절반을 메우고 있는 이들을 향했다.

용천장의 무인들이 한눈에 들어왔다.

처음 등장했을 때의 그 살벌하고 압도적인 기세는 완전히 꺾여 버린 모습들.

일대제자들의 어기충소와 초상비.

연이어 어검비행을 펼치며 나타난 장로들이 연타로 펼친 검강의 향연. 그때 이미 용천장 무인들은 다리가 후들거리기 시작했다.

그리고 점입가경, 마지막 화룡점정을 찍은 것이 염호의 허공답보였다.

사기가 들끓고 전의가 충만하다 못해 터져 나가기 직전으로 끓어올라 버린 화산파 속가들이 일치단결하여 '태사조'를 외치니 용천장 무인들은 식겁할 수밖에 없었다.

그들 또한 전장을 숱하게 누빈 무인이다.

지금의 상황이 예상을 훌쩍 넘는 범주이며 물러나 다음을 기약해야 할 때라는 것을 느끼고 있는 것이다.

염호 역시 한눈에 그러한 상황을 간파하고 있었다.

'어쭈~! 눈알 굴리는 거 봐라. 미쳤냐? 니들을 곱게 보내게.'

염호는 오늘 제대로 한번 푸닥거리를 할 심산이었다.

다시는!

그 누구도!

화산파를 향해 수작질을 부릴 수 없도록.

실수는 장평의 일 한 번이면 족했다.

그 작은 오판으로 온몸의 피가 들끓고 뼈마디가 전부 짓이겨지는 슬픔과 고통을 맛보지 않았는가.

염호의 눈이 차갑게 변해 용천장을 향했다.

바짝 치켜든 얼굴로 스윽 내리깔린 염호의 눈동자가 향하는 곳마다 움찔거리는 용천장 무인들.

일천 명에 달하는 섬요당과 굉뢰당은 말할 것도 없고, 멸사호군이라 불리며 사파와의 전장을 누벼온 비환영, 혼문영, 백변영의 무인들 역시 마찬가지였다.

아니, 전장을 겪어봤기에 그들이 더 잘 아는 것이다.

뽀얀 얼굴에 아직 솜털이 다 사라지지 않은 소년의 눈빛에 담긴 명백한 의지를.

'좋지 않아! 정말 좋지 않아!'

백발홍천 방자룡의 눈빛이 더없이 침중하게 가라앉았다.

지금 이곳 대평원에서 용천장 무인들을 지휘하는 이가 바로 방자룡이다.

세수 칠십이 되는 동안 말도 못할 위기를 숱하게 겪은 방자룡이 지금의 상황을 인지하지 못할 리 없었다.

'서 총관! 이건 자네의 예상과 달라도 너무 다르지 않은가!'

지금 이 자리에 없는 서귀를 찾아봐야 말짱 헛일이라는 것을 알지만 원망의 감정이 생기는 것만은 어쩔 수가 없었다.

검신의 제자만 맡아주면 된다고 했다.

그저 시간만 끌면 되는 일.

그사이 서귀가 용천위와 천인혈을 이끌고 화산에 잠입, 구금되어 있는 장주 연산홍을 구하기로 한 것이다.

세상에 알려지진 않았지만 용천위와 천인혈이야말로 실질적인 용천장 최강의 무력집단이다.

거기에 금강영왕 서귀가 포함된 전력이라면 화산파 따위는 차 한 잔 마실 시간에 쓸어버릴 힘이란 판단이었다.

문제가 있다면 오직 장주 연산홍의 안위였을 뿐.

"장주는 빼내지도 못했는데……."

방자룡의 고민은 점점 더 깊어질 수밖에 없었다.

도저히 어물쩍 상대할 수 있는 이들이 아니었다.

죽기 살기로 싸워도 이긴다고 장담하기 어려운 전력의 상대. 이미 고절한 무공 절학을 한껏 뽐내며 나타났으니 그들의 강함을 인정하지 않을 수 없었다.

'어검비행과 검강이라니… 자칫 본 장 전력이 반 토막이 나겠구나.'

그냥 시간만 끈다고 될 일도 아니었고 그렇다고 이대로 물러날 수도 없었다.

그야말로 진퇴양난.

하지만 하늘이 무너져도 솟아날 구멍이 있다 했는지, 용천장과 방자룡의 구명줄은 전혀 엉뚱한 곳에서 내려왔다.

"신공사자를 영접하라!"

"신공사자를 영접하라!"

천래성축도의 행렬이 쥐죽은 듯한 침묵을 산산이 박살 내며 염호를 향해 발걸음을 옮기기 시작한 것이다.

"신공사자를 영접하라!"

"신공사자를 영접하라!"

기다란 행렬의 오른쪽 사내들이 목소리를 높이면 왼편의 여인들이 화답하듯 소리쳤다.

염호의 표정이 점점 일그러지기 시작한 것도 바로 그 순간이었다.

"요것들 봐라?"

까마득한 과거, 천살마군으로 세상을 종횡할 때도 가장 치를 떤 것이 광신도 집단이었다.

혹세무민 어쩌구 하는 거창한 이유 때문이 아니다.

지들이 무얼 믿든 뭘 하고 살든 무슨 상관이랴. 다만 맹목적으로 변한 광신도들이 얼마나 황당한 짓들을 서슴없이 벌이는지 눈앞에서 지켜본 탓이다.

'하여간 저것들은 말이 안 통하는 종자야! 으드득!'

염호가 이빨을 갈았다.

겪어봤으니 더 잘 안다. 그래서 또 한 가지 아는 것이 있었다.

저런 놈들을 어떻게 다루고 어떻게 잡아야 하는지를.

"신공사자를 영접하라!"

"신공사자를……!"

"조용!"

염호의 나직한 음성.

하지만 대평원 구석의 누구에게나 또렷하게 전해진 목소리였다.

왠지 모를 위화감에 소리쳐 떠들던 천래성축도 행렬이 움찔 입을 다물었다.

그 순간, 염호가 발을 살짝 들더니 바닥을 그대로 내려찍었다.

쿠쿵!

염호의 발끝을 따라 순식간에 시작된 균열.

쩌— 어— 억!

땅바닥이 갈라지기 시작한 것이다.

"헉!"

"으억?"

"아악!"

천래성축도 행렬 속에서 다급한 목소리가 쉴 새 없이 터져 나왔다.

그와 동시에 파도에 휩쓸리듯 푹푹 땅속으로 꺼지기 시작하는 기다란 행렬.

화산파의 속가제자들도, 맞은편에 대치 중이던 용천장의 무인들도 모두 두 눈을 치켜뜨고 턱이 떨어져 내릴 것 같은 표정을 지을 수밖에 없었다.

가벼운 발길질 한 번에 수십 장 땅을 갈라 버리는 공력.

거기다 천래궁이란 미지의 집단을 상대로 일말의 망설임도 없는 과감한 출수까지.

상황이 어찌 되었든 상대는 그 천래궁이 아닌가.

여타의 무림인이 아니라 일반 백성이나 다름없는 이들이다.

신도의 수가 대륙 전역에 쫙 깔려 황궁이나 조정에서도 함부로 어쩌지 못하는 집단 천래궁.

거기에다 그 배경이나 출신 모두 온갖 신비로움으로 점철된 존재 '요천'이란 거인까지 있는 곳.

"크으윽!"

"으윽!"

"아아악!"

대평원을 가르며 깊게 파인 구덩이 안.

천래궁 신도들이 아우성을 쳤으나 염호는 눈 하나 꿈쩍하지 않았다.

아니, 오히려 조금 전보다 더욱 큰 목소리를 토해냈다.

"조용해라!"

역시나 그곳에 자리한 모든 이의 귓속으로도 또렷하게 꽂히는 목소리였다.

하지만 일 장 깊이 파인 구덩이 속에 허우적거리는 천래궁 신도들은 여전히 비명과 고통스런 신음만을 토해냈다.

그 순간 염호의 얼굴이 팍 일그러졌다.

천천히 다시 들어 올려진 염호의 발.

쿠웅!

쩌— 쩌— 적!

푹 꺼진 구덩이 양쪽이 들썩 치솟았다.

파도처럼 치솟은 좌우 흙벽이 천래궁 신도들을 그대로 파묻어 버릴 것처럼 덮쳐왔다.

"으으으악!"

"아아아악!"

"사… 살려……!"

거대한 흙벽을 보며 눈이 뒤집혀 소리치는 천래궁 신도들.

"조용! 확! 진짜 묻어버린다!"

"……!"

"……!"

이전과 달리 천둥처럼 들려온 염호의 목소리.

그리고 밀려들던 흙벽이 거짓말처럼 멈췄다.

뒤엉킨 천래궁 신도들은 그때부터 숨소리도 내지 못했다.

염호가 어깨를 으쓱하며 주변을 스윽 훑었다.

화산 속가제자들이나 용천장 모두 구분할 것도 없이 침만 꼴깍거리는 것이 보였다.

바로 등 뒤에 선 장로들이나 장문인 진무, 매화검수들 역시 예외는 아니었다.

'이게 몰천력이다, 이놈들아!'

환골탈태에 이어 반로환동까지 해버린 염호에게서 이제 마공의 흔적 따윈 찾아볼 수 없었다.

정공과 마공이 합일해 전혀 새로운 경지에 도달한 염호. 이제 천살마공의 신력인 몰천력을 마음껏 쓴다 해도 누구 하나 알아볼 수 없고 거리낄 것도 없었다.

씨이익!

입꼬리가 길게 말려 올라가며 염호의 얼굴에 묘한 웃음이 걸렸다.

'인생 뭐 있나? 신 나게 사는 거지!'

그때였다.

길게 파인 구덩이 속에서 누군가 숙 하고 날아오른 것.

"신공의 위엄을 무너뜨리고 네놈이 살 수 있을 것 같으냐!"

흙더미에 파묻혔다 뛰어오른 인영이 잠깐 허공에 둥실 뜬 채 소리쳤다.

천래성축도 행렬이 신공사자라 떠받들던 미청년이었다.

그것이 부운답신의 경공술이라는 것은 굳이 염호가 아니라도 알아볼 수 있는 이가 잔뜩 널려 있었다.

기가 잔뜩 죽어 구덩이 속에서 달달 떨고 있던 천래궁 신도들의 눈이 다시 한 번 번들거리기 시작했다.

떠올랐던 신공사자가 바닥에 착지한 뒤 신도들을 향해 목청을 높였다.

"신공은 천지를 바꾸니! 신도들은 나를 따라… 허걱!"

빽 소리치던 미청년이 갑자기 숨이 막히는 소릴 내질렀다.

쑤우욱~!

"으어어어!"

보이지 않는 뭔가에 잡아끌리듯 허공에서 팔다리를 허우적거리며 끌려가는 신공사자.

턱!

신공사자의 목덜미를 잡아챈 염호의 눈이 일순간 섬뜩한 빛을 발했다.

파르르르!

벼락이라도 맞은 것처럼 부들거리는 신공사자의 눈이 염호를 잠시 향했지만 그건 그야말로 찰나였다.

순식간에 내리깔린 신공사자의 눈.

"아직 나 할 일 많다."

"……"

"조용히 찌그러져 있어. 알았지?"

끄덕끄덕!

미청년 신공사자가 미친 듯이 고개를 아래위로 흔들었다.

한 손으로 신공사자를 번쩍 치켜들고 있던 염호가 다시 한 번 오른발을 번쩍 치켜들었다.

조금 전 두 번의 발길질과 달리 염호의 얼굴에 시퍼런 힘줄까지 불끈거렸다.

콰쾅!

슈슈슈슈슉!

일순간 구덩이 안쪽에서 수백 명의 그림자가 한꺼번에 허공으로 치솟았다.

"으어어어!"

"아악!"

"어허헉!"

용수철에 튕기듯 땅밖으로 날아오른 천래궁 신도들의 입에서 기겁한 비명들이 끊임없이 터져 나왔다.

퍼퍼퍼퍼퍼퍼퍼퍽!

사방팔방 바닥으로 내려꽂힌 천래궁 신도들이 또다시 신음과 비명을 토해내려는 순간, 예의 그 천둥 같은 염호의 목소리가 이어졌다.

"다시 들어갈래?"

"……."

"……."

바닥에 나뒹굴던 천래궁 신도들이 일제히 주둥이를 다물고 납작 엎드려 부들부들 떨기 시작했다.

그제야 염호의 얼굴에 다시 웃음이 걸렸다.

광신도를 다루는 법은 예나 지금이나 변함없다는 것을 확인한 즐거움이 염호를 웃게 만들었다.

'하여간, 요것들은 꼭 겪어봐야지 알지.'

염호의 우렁우렁한 목소리가 다시 한 번 울렸다.

"일어섯!"

나뒹굴던 천래궁 신도들이 군기 바짝 든 병사처럼 일제히 몸을 세웠다.

"뒤로 돌앗!"

처처처처척!

제식을 받은 병사처럼 일사불란한 움직임.

"열 셀 동안 사라진다. 남은 놈은 파묻는다."

"……!"

"하나! 둘! 셋……."

후다다닥!

꽁지가 빠져라 뛰기 시작하는 천래궁 신도들 덕에 대평원 가득 먼지가 폴폴 피어올랐다.

지켜보는 화산파 속가나 용천장 무인들의 표정이 아연해질 수밖에 없는 상황이었다.

도처를 찾아다니며 기둥뿌릴 뽑아 남도련을 붕괴시킨 검신 태사조나, 천래궁의 행차를 순식간에 오합지졸로 만들어 버린 그 제자의 행보나 모두 상식을 넘어서는 파격으로 느껴졌다.

"저, 저기요… 저, 저도 좀…….."

여전히 염호의 손에 붙들려 있는 미청년이 잔뜩 기어들어 가는 목소리를 내뱉었다.

염호가 청년을 바닥에 살짝 내려놓은 뒤 옷가지에 묻은 먼지를 툴툴 털었다.

염호의 손길이 닿을 때마다 움찔움찔거리는 미청년.

"가라~!"

"감사합……!"

청년은 말도 다 내뱉지 못하고 냅다 뒤돌아 뛰기 시작했다.

"잠깐!"

우뚝!

뛰는 자세 그대로 석상처럼 굳어진 신공사자.

"근데 니들, 왜 왔냐?"

미청년이 화들짝 놀라더니 땀을 삐질 거리며 품 안에서 뭔가를 꺼내 들었다.

파들파들 떨리는 청년의 손에는 자주색 비단으로 곱게 접히고 번쩍이는 황금실로 매듭이 묶인 봉서 한 통이 들려 있었다.

"이걸 전하려……."

다 죽어가는 목소리로 다가서는 미청년 신공사자.

염호가 살짝 인상을 찌푸렸다.

눈앞의 미청년이나 봉서 때문이 아니었다.

그즈음 여태껏 숨소리도 내뱉지 못하던 용천장 쪽이 술렁거리기 시작함을 느낀 것이다.

한천 연경산에게 전달했다는 천래궁의 배첩.

미청년의 손에 들린 봉서가 바로 그 요천의 도전장임을 알았기 때문이었다.

띵~!

대평원에 모인 수많은 이의 정신 상태를 한 단어로 표현하면 딱 그랬다.

염호의 전혀 예상치 못한 한마디 때문.

"싫어!"

쭈뼛쭈뼛 다가와 요천의 도전장을 건넨 신공사자에게 내뱉은 말이다.

"안 받아!"

신공사자는 물론 숨소리도 내뱉지 못하고 지켜보던 수많은 이 모두가 황당한 얼굴이었다.

한천 연경산이 받았던 그 배첩.

한천이 사라지고 없는 지금, 은연중 당대 무림 최강의 무인으로 회자되는 요천이 공식적으로 보낸 도전장.

"내가 왜?"

염호는 뭐가 문제야라는 표정으로 너무나 당당하게 말했다.

이미 염호에게 바짝 쫄아버린 미청년 신공사자는 더 이상 뭘 어떻게 해야 할지 몰라 눈만 끔벅거렸다.

안 꺼내고 그냥 갔으면 뭐라고 돌아가 할 말이라도 있지, 도전장을 꺼냈는데 안 받겠다고 나오니 어떻게 응대해야 할지 갈피를 잡을 수 없었다.

황당함을 느끼는 것은 신공사자뿐만이 아니었다.

등장할 때부터 줄곧 어마어마한 신위를 뽐내놓고서, 이제 모두가 지켜보는 자리에서 너무나 당당하게 요천의 도전장을 거부하니 뭔가 앞뒤가 안 맞는다는 생각이었다.

요천의 도전장을 받는다는 의미.

이는 화산파의 이름이 용천장과 나란히 있다는 것과 다르지 않음이며, 과거 한천 연경산의 이름과 지금 새로운 태사조 염호의 위명이 동급이라는 의미가 아니겠는가.

"신공인지 요천인지한테 똑똑히 전해!"

"……."

"우화등선하신 우리 사부 있을 때는 뭐 했대?"

"……!"

"솔직히 나 같은 애는 이겨서 뭐 할라고?"

염호의 말에 신공사자의 얼굴이 부들부들 떨렸다.

말인즉슨, 검신 태사조가 있을 때는 꽁무니를 빼놓고 이제
와 어린 자신을 핍박하느냐는 질책이었다.

하지만 그건 아무것도 아니었다.

"아~! 그러지 말고, 그냥 가서 내가 졌다고 그래."

"······?"

"내가 올해 딱! 열! 여섯! 살인데! 그 대단하신 고수님을 어
떻게 이기겠어? 알았지? 가서 그렇게 전해~!"

"······."

"······."

열여섯 살을 엄청 강조한 염호가 손을 휘휘 내저었다. 마치
잡상인 쫓아내듯 신공사자를 물러나게 하는 염호.

손바람이 휘휘 거릴 때마다 움찔움찔거리던 신공사자가 고
개를 살짝 올렸다가 염호와 다시 눈이 마주쳤다.

"으헙!"

헛바람 같은 신음을 토해낸 신공사자는 뒤도 돌아보지 않고
냅다 뛰기 시작했다.

그 모든 상황을 똑똑히 지켜본 화산파 쪽 인물들이나 용천
장 무인들은 완전히 넋이 나간 표정들이었다.

파격!

한마디로 상식을 완전히 넘어서는 행동이었다.

'미친놈이랑 뭐 하러 싸워? 그깟 명예가 밥 먹여주는 것도
아닌데!'

염호가 손바닥을 탁탁 털며 한층 더 무겁게 가라앉은 대평

원을 훑기 시작했다.

"자자~! 하나는 처리했고, 다음은 니들 차례지?"

염호가 용천장 쪽 무인들을 향해 살짝 방향을 틀자, 무려 일천오백에 달하는 용천장 무인이 일제히 몸을 떨었다.

"왜? 후덜덜하나 보지?"

꼴깍!

수많은 이가 한꺼번에 침을 삼키자 그 소리가 반대편 화산파 속가제자들에게도 뚜렷하게 전해질 정도였다.

"진무야!"

염호가 뒤쪽을 향해 낮게 소리치자 순백의 능라의를 곱게 차려입은 화산파 장문인 진무가 부리나케 앞으로 나섰다.

이미 눈앞의 이 어린 태사조의 기경할 능력을 너무나 잘 아는 진무와 장로들은 주변의 놀람과는 다른 평온한 얼굴들이었다.

"하명하십시오, 태사조님!"

공손한 진무의 응대. 염호가 한마디를 툭 내뱉었다.

"준비들 해놨지?"

"네! 태사조님!"

진무가 칼같이 대답하며 뒤돌아섰다.

"나오너라!"

진무의 우렁찬 외침이 평원을 가로질러 산자락 위까지 메아리쳤다.

척척척척!

화산의 초입에서 발걸음 소리가 이어지기 시작했다.

검은 도포를 차려입고 한 손에 검을 쥔 화산 제자들이 모습을 드러냈다.

두 줄로 열을 길게 맞춰 대평원으로 내려선 화산파의 또 다른 문도들.

바로 이대와 삼대제자들이었다.

한눈에도 염호 또래나 될 것 같은 솜털 보송보송한 청년과 소년 도사들.

검을 움켜쥔 채 엄정한 기도를 뿜어내며 이동하는 그 어린 도사들을 보면서도 이제는 누구도 감히 무시하는 눈길을 보내는 이가 없었다.

제대로 확인된 소문은 아니지만 남도련 수라십팔도객이 화산파의 어린 도사들에게 일망타진당했다는 이야기가 알음알음 나돌고 있는 때였다.

오늘 이전까지는 누구라도 그 소릴 들었다면 헛소리라 면박을 줬겠지만, 어린 염호의 신위를 두 눈으로 목격하고 화산파 도사들의 위용을 차고 넘치도록 지켜본 이들의 반응이 전과 같을 수는 없었다.

앞서 있던 일대제자들이 길을 내주고, 장로들 역시 양쪽으로 갈라서 이대와 삼대가 지날 수 있도록 자리를 비켰다.

그럼에도 누구 하나 이대와 삼대를 걱정하는 이는 없었다.

각기 사제들을 이끌고 있는 조세걸과 양소호가 진무 앞에 멈춰 예를 취했다.

진무가 힘 있는 눈으로 고개를 끄덕인 뒤 자리를 슬쩍 피해 장로들 곁으로 이동했다.

이제 염호의 바로 뒤편에 서게 된 화산의 이대와 삼대제자들.

염호는 뒤도 돌아보지 않고 나직하게 말했다.

"준비됐냐?"

"넵! 태사조님!"

"가라! 가서 똑똑히 보여줘라. 화산이 왜 화산인지를!"

스릉!

이대와 삼대제자들이 일제히 검을 빼 들었다.

무슨 일이 벌어질까 좌중이 의아함을 느낄 새도 없었다.

일말의 주저함과 망설임도 없이 튀어 나가는 화산의 제자들.

일천오백에 달하는 용천장의 최정예를 향해.

기껏해야 백여 명, 이대와 삼대제자들의 숫자였다.

이 황당한 전개에 가장 당황한 것은 대치하고 있던 용천장의 무인들이었다.

그때까지도 한쪽 무릎을 꿇고 예를 표하고 있던 속가제자들마저 놀라고 당황함을 감추지 못해 허둥지둥 일어서 무기를 빼 들기 시작했다.

어린 제자들을 사지로 내몰고 있는 비정한 태사조.

그 어린 생명들을 내버림으로써 이 자리에 있는 모든 속가제자에게 죽음을 도외시한 채 나가 싸우라 종용하는 것만 같았다.

하지만!

"……!"

슈슈슈슈슈슛!

달려나가던 이대제자들이 일제히 허공으로 뛰어올라 검을 날렸고, 삼대제자들은 팽이처럼 휘돌며 엄청난 검풍을 일으키기 시작했다.

마치 수십 개의 회오리바람이 지면을 휩쓸었고 그 회오리가 마치 토해내듯 검을 쏘아내는 광경이었다.

제대로 준비조차 못 하고 멍하니 서 있던 용천장 무인들이 대경실색했다.

강력한 검풍과 섬전처럼 쏟아지는 비검에 허둥지둥 대처를 시작, 하지만 한발 늦었다.

칠절패도 여양종을 상대로도 수백 합을 버텨냈으며, 수라십팔도객마저 상처 하나 없이 제압했던 것이 이대와 삼대제자들의 검신무.

그 처절한 실전을 겪고 몇 달이 지난 지금의 검신무는 과거의 그것과는 또 다른 경지에 도달해 있었다.

차차차차차창!

"크악!"

"으헉!"

"컥!"

일천오백의 무인 사이로 파고든 검신무의 회오리 주변으로

용천장 무인들의 다급한 비명 소리가 쉬지 않고 터져 나오기
시작했다.

"누가 만들었는지 참 대단하다! 흐흐흠!"

염호가 은근슬쩍 내뱉은 말끝에 멋쩍은 헛기침을 내뱉었다.

"저… 태사조님! 우리도……."

일대의 대제자 송자건이 쭈뼛거리며 나섰다.

'으이그! 하여간…….'

왜 모르겠는가, 그 마음을.

임동양맥이 뚫리며 터질 것 같은 내력이 넘실거리니 송자건
을 위시한 매화검수 모두 당장에라도 나가 맘껏 자신의 검을
뽑내고 싶을 것이다.

"흠흠! 태사조님!"

'어쭈? 손괴?'

"제자들이 어리니 제가 장로들을 대표해서 나서는 것
이……."

송자건 앞으로 슬쩍 발을 뗀 대장로 손괴. 벌써 검까지 빼
들고 당장에라도 뛰쳐나갈 태세였다.

'허허, 요놈들 봐라.'

다른 장로들 역시 마찬가지였다.

오직 진무만이 공손한 태도로 염호를 바라봤다.

'그래, 진무야. 내 뜻을 아는 건 너 하나뿐이구나.'

진무가 굳은 얼굴로 장로들과 매화검수들을 향했다.

"매화검수와 장로씩 되어서 어찌 태사조님의 마음을 헤아

리지 못하는가?'

'그렇지!'

"이대와 삼대를 선봉을 세우신 뜻은 화산의 뿌리가 깊음을 만방에 알리고자 함이시오……."

'옳거니!'

"또한 장로들과 매화검수들을 막으시는 이유는……."

'역쉬! 너뿐이다. 내 속에 들어갔다 나온 것처럼 아는구나.'

"…이 자리에서 본 화산파의 위용을 보일 사람으로 본 장문이 낙점되었다는 뜻이 아니겠는가? 그렇지요? 태사조님."

"……."

진무가 나이를 무색케 할 만큼 해맑은 눈으로 물어왔다.

와락 일그러지는 염호의 얼굴.

'너는 어째 마지막에 꼭……!'

염호가 정색을 했다.

"다들 기다려!"

"……."

"애들이 아무리 잘 싸워도 결국은 밀릴 거다."

"오오! 그럼 그때 한꺼번에……!"

"쓰읍!"

염호가 눈을 부라리자 입을 뗐던 손괴가 흠칫했다.

"제발 니들 생각만 하지 말고 주변을 좀 봐라."

"……?"

"……."

"어때 보이냐?"

염호가 턱짓으로 주변을 쓰윽 훑자 장로들이나 매화검수들의 시선이 속가제자들 쪽을 향했다.

그때서야 진무가 크게 놀란 얼굴로 염호를 바라봤다.

연이어 장로들과 매화검수들마저 뭔가를 깨달은 눈빛이었다.

속가제자들의 분위기가 이전과는 완전히 달라졌다는 것.

용천장을 바라보면서 이제는 누구 하나 주눅 든 이를 찾을 수 없었다.

모두가 어깨를 당당히 펴고 한없는 존경과 신망을 담은 눈이었다.

그 눈으로 검신무를 펼치며 전장의 중심에 선 이대와 삼대제자들을 바라보고 있는 것이다.

그들이 보이는 모습, 그 안에는 한없는 자긍심이 담겨 있었다.

"저들을 모이게 한 건 검신이란 이름이다."

"……."

"하지만 이 시간부터 저들이 가슴에 품고 자랑스러워해야 할 이름은 화산이어야 한다."

"……!"

"그건 누구 하나가 아니라 너희 모두의 몫."

진무를 필두로 장로들과 매화검수들 모두 더없이 숙연한 모습으로 염호의 뒷모습을 바라봤다.

눈앞의 이 어린 태사조가 얼마나 큰 사람인지 새삼 느껴지는 것이다.

하지만 염호의 속마음은.

'쯧쯔, 이것들아. 지들 스스로 싸워야 돼! 그래야 아직도 간 보는 놈들까지 제대로 코를 꿰지.'

第二章

전장을 바라보는 염호의 눈가가 살짝 일그러지기 시작했다.

'약해도 너무 약한데? 진짜는 다 빼서 위로 간 건가?

그 총관이란 작자가 머리 쓰는 건 한눈에 다 보였다.

그래봐야 야도가 있으니 별 탈은 없을 거라는 생각.

천하십강 어쩌고 해대지만 서귀 같은 작자는 열이 아니라 스물이 떼로 달려들어도 야도의 발끝에 미치지 못함을 잘 알기 때문이었다.

한 가지 걸리는 것이라면…….

'그 지지배는 좀 걱정되네. 쩝……!'

둘 다 붙어봤으니 야도가 최소한 반 수는 위란 걸 안다.

그 반 수의 실력 차가 진짜 고수들 사이에선 철벽처럼 거대하고도 높은 격차라는 것도 너무 잘 안다.

하지만 역시 쪽수가 문제였다.

평원에 널린 용천장 무인들이 명성에 비해 너무 약하다는 것.

명색이 천하제일세라는 곳인데 어째 남도련 본진에서 만난 애들보다 한참 못한 것 같았다.

"역시, 가봐야겠네."

혼잣말처럼 중얼거린 염호가 뒤를 돌아봤다.

"여긴 니들이 알아서 해!"

"네? 그게 무슨……."

진무가 당황해서 말끝을 높였지만 염호는 어느새 풀쩍 뛰어 올라 산자락 위로 쉬익 하고 날아가 버렸다.

쓰악ㅡ!

잠시 멍해진 표정의 진무와 장로들은 염호가 남기고 간 바람 소리만 들었다.

그러다 서서히 결연한 표정을 짓기 시작했다.

모든 것을 일임한 태사조의 의지를 한마음으로 굳건히 받아들인 것이다.

그때 누군가 장로들을 향해 터덜거리며 걸어왔다.

온통 먼지로 뒤덮인 남루한 도포를 입은 초로의 도사, 그 얼굴이 살짝 넋이 나간 듯 보였다.

"사… 사형들! 대체……?"

침정궁주 신응담이었다.

이제껏 두 눈으로 지켜본 모든 광경이 마치 꿈을 꾼 것처럼 느껴지는 신응담이었다.

천진벽력당의 문호를 정리하기 위해 긴 여정을 끝내고 돌아온 신응담, 그 눈앞에 정말 믿지 못할 일들이 한가득 펼쳐진 것이다.

사실, 장로들이 어검비행에다 검강을 펼치는 것을 본 후로 다른 건 눈에도 들어오지도 않았다.

"오~! 막내?"

대장로 손괴가 가장 먼저 반갑게 신응담을 맞이했다.

그 수고로움을 너무 잘 아는 탓이었다.

하지만 다른 장로들은.

"이번에 고생 좀 했다고?"

"말도 없이 나갔으니 사서 한 고생이지."

"평소 우리 막내가 사형들을 좀 우습게 여겼지?"

순간 신응담의 눈썹이 꿈틀했다.

장로들의 말투가 곱지 않은 탓이었다.

이제껏 사형제 간의 항렬을 무시한 적은 없었다.

그저 어느 때부터인가 무공의 격차가 현저히 벌어지자 다른 장로 사형들이 알아서 자신의 눈치를 봤을 뿐.

"흐흠! 우리 막내가 이런 건 봤나 모르겠어!"

우웅!

느닷없이 옥허궁 서림의 손에 들린 검에서 쑤욱 하고 검강이 뻗어 나왔다.

"……!"

신응담의 눈이 뒤집어질 것처럼 커졌다.

멀리서 볼 때와는 또 다른 힘, 세상 무엇이라도 다 베어버릴 것 같은 지고하고도 강력한 힘이 느껴졌다.

우웅!

남천관의 방도유가 또다시 검강을 뽑아냈다.

"뭐, 이 정도는 다 하는 거 아닌가?"

우웅!

"……!"

우웅! 우웅!

장로들이 연이어 검강을 쑥쑥 뽑아낼 때마다 신응담의 몸뚱이는 간질 걸린 환자처럼 떨리고 눈동자는 쏟아져 내릴 것처럼 커져만 갔다.

*　　　　*　　　　*

단출한 방 안에 홀로 앉아 있는 연산홍의 눈동자가 더없이 깊게 가라앉았다.

구금, 강금, 인질, 볼모…….

그 무엇이라 이름 붙여도 틀리지 않을 일이지만 지금 그녀의 신경을 바짝 건드리는 것은 자신이 처해 있는 상황 따위가 아니었다.

그녀의 눈이 천천히 자신의 손을 향했다.

백옥처럼 하얀 빛깔에 아기 손처럼 곱기만 한 피부.

굳은살로 짓이겨지고 벗겨지기를 얼마나 숱하게 반복했는지, 지금의 고운 손을 다시 얻기까지 맹세코 단 하루도 한계치의 수련을 게을리한 적이 없었다.

아버지 연경산이 남긴 천하제일의 이름을 잇기 위해 맹목적으로 달려온 날들.

그런데…….

와드득!

섬섬옥수 같은 그녀의 손이 꽉 쥐어지며 뼈가 맞부딪히는 소리가 새나왔다.

순간 그녀의 머릿속을 가득 채운 것은 자신을 향해 이죽거리는 소년의 얼굴이었다.

이제 고작 열대여섯이나 되었을까.

검신의 제자.

"고작 그런 아이에게……!"

자신보다도 서너 살은 어려 보이는 소년을 떠올리며 연산홍의 꽉 움켜쥔 주먹이 파르르 떨렸다.

처음 맞부딪혔을 때의 그 느낌이 너무도 생생하게 그녀의 감각을 깨운 것이다.

마치 철벽을 후려친 듯한 강렬한 반탄지기.

물론 자신도 지닌 바 힘을 다 쏟아부은 것은 아니다. 고작해야 오 할 정도. 하지만 그걸로 충분했다.

더 싸워보지 않아도 알 수 있었다.

검신의 제자가 자신이 당장 어찌할 수 없는 무경에 이르러 있음을.

어린 시절 고사리손으로 부친 연경산을 상대할 때 받은 그 느낌이 또렷하게 전해졌으니 의심하고 말고 할 것도 없었다.

그렇기에 손가락질 받을 짓인 줄 알면서도 파립을 눌러쓴 소년의 동행을 공격한 것이다.

어찌 되었든 총관 서귀를 구하고 몸을 빼야 하는 것이 먼저였으니.

그때는 상황을 정확히 인지하고 자신의 능력 십 할을 전부 쏟아부었다.

그런데…….

'대체 누굴까?'

일도에 산허리를 양단해 버린 가공할 도파(刀波)의 주인.

그녀를 혼란스럽게 만든 것은 검신의 제자가 아니라 그 파립을 눌러쓴 도객이었다.

지금도 문밖에서 자신을 지키고 있는 도객.

그가 생사를 장담할 수 없는 적이라는 것을 온몸이 느끼고 있었다.

검신의 제자라면 충분히 있을 수 있는 존재였다.

천하제일 검신이 백 년을 공들이고 준비했다면 그런 괴물이 나올 수도 있다는 판단.

자신 역시 이제 약관의 나이에 천하십강을 눈 아래로 여기고 있으니 또 다른 이라고 해서 안 될 것이 무엇인가.

하지만 파립의 도객은…….

"죽은 남도련주 말고… 대체 누가 있어……?"

며칠을 내내 궁구하며 추측 가능한 인물을 수없이 떠올려도 해답을 찾을 수 없었다.

강호에 그러한 도법을 펼칠 수 있는 이가 대체 어디서 뚝 떨어졌단 말인가.

북검회의 검성과 남도련의 야도. 천하십강이라 칭하지만, 따로 북검남도로 추앙받는 당대 제일의 도객이 바로 야도 이화룡이다.

하지만 그는 이미 죽은 인물.

"서… 설마!"

연산홍이 두 눈을 부릅뜨고 고개를 치켜들었다.

가장 단순한 가정 하나를 지웠더니 의문의 실마리가 한꺼번에 풀려가는 것이다.

자리를 박차고 일어선 그녀가 멈칫하며 길고 낮은 숨을 내쉬었다.

"후우~!"

잠시 격양되었던 마음을 단번에 가라앉힌 연산홍.

그녀의 눈빛이 점점 더 생기와 열기로 가득 차 영롱한 빛을 내기 시작했다.

"절대 아니라는 생각이 오히려 독이 된 건가?"

야도와 검신의 동귀어진.

수많은 이의 목격담과 함께 퍼진 그 소문 때문에 당연히 아니라고 여겼다.

야도라는 존재를 아예 염두에도 두지 않은 것이 가장 큰 문제였다.

만약 그 소문을 듣지 않았다면 당연히 그 무시무시한 도파를 본 순간 제일 처음 야도를 떠올렸을 것을.

"하지만 대체 왜?"

의문은 또 다른 의문을 만들었다.

화산의 검신과 남도련주는 철천지원수와도 같은 사이가 아닌가.

그런데 대체 왜 야도가 검신의 제자와 함께 이곳 화산에 있단 말인가.

도저히 앞뒤도 안 맞고 있을 수도 없는 일이었다.

생각은 생각을 낳고 의문은 의문을 만들며 풀렸던 실타래가 다시 복잡하게 꼬여가는 기분이었다.

연산홍의 고운 눈매가 다시금 침중하게 얽혀들었다.

당장에라도 문을 박차고 나가 묻고 싶었다.

하지만.

"이유가 무엇일까… 이유가."

애써 침착함을 잃지 않고 그녀는 생각에 생각을 거듭했다.

그 이유를 찾아야만 함을 본능적으로 느끼고 있는 것이다.

화산파와 야도의 연결 고리, 이를 끊어낸다면 상황은 단번에 역전되며 더할 나위 없이 유리해짐은 명약관화하기 때문이다.

남도련의 붕괴와 함께 무주공산이 되어버린 드넓은 강남 땅.

지금도 호시탐탐 북검회가 노리고 있는 그 비옥하고 탐나는 대지를 단번에 용천장 안으로 꿰찰 수 있는 기회가 눈앞에 온 것.

야도를 얻고 장강 이남을 얻는다면 용천장의 권세는 이전과도 비할 바 없이 공고해짐이 너무나 당연한 수순이었다.

섣부른 행동을 할 수 없는 또 다른 이유가 생긴 것이다.

그녀는 자신의 화원 가득 자라난 잡풀을 하나하나 솎아내듯 야도와 검신의 제자가 함께 있을 이유와 가능성을 골라내고 또 골라냈다.

그것만 알아낸다면 자신을 철저히 무시하고 조롱해 온 검신의 제자에게 제대로 된 반격을 가할 수 있다고 확신했다.

"놈… 제대로 해주마."

연산홍의 입에서 억지로 참아내는 나직한 뇌까림이 흘러나왔다.

*　　　*　　　*

"사형! 우리도 내려가서 구경하면 안 돼요?"

"그래요, 사형! 가고 싶어요!"

"안 돼! 사숙님들 말씀 못 들었어? 이 안에 콕 틀어박혀 있으라고 하신 말씀!"

"그래도 다들……!"

청아원 전각 안에서 아이들끼리 볼멘소리를 하고 있을 때 전각 입구 쪽에선 긴 한숨이 흘러나왔다.

"에휴~! 대체 이 꼴이 뭐야. 여기서 애들이나 보고 있어야 한다니!"

"이게 다 네놈 때문이 아니냐? 아버님께서도 아래 오셨을 텐데……."

"그게 왜 나 때문이야!"

"그만하자! 그만해!"

늘 그렇듯 티격태격 말싸움이 시작될 것 같던 설매산장의 두 형제. 형인 은호청이 입을 닫아버리자 동생인 은호열 역시 혼자 씩씩거리다 결국 분을 삭였다.

청아원 어린 제자들이 눈을 동그랗게 뜨고 있는 것이 민망해서이기도 했지만, 멀찌감치 떨어져 한심한 눈으로 자신들을 쳐다보는 다른 속가제자들의 눈치도 여간 신경 쓰이는 것이 아니기 때문이었다.

산 아래 평원에 속가의 문인이 죄다 몰려와 인산인해를 이루고 있다고 하니 자신들의 가문이나 문파도 그곳에 왔음이 당연했다.

하지만 이렇게 내려가 마중도 하지 못하는 처지가 된 것이 못내 서글픈 얼굴들이었다.

그 원인도 따지고 보면 다 설매산장의 두 형제 때문이었다.

"저, 가문에서 어른들이 오시는데 혈도라도 좀……."

"진짜 반성하고 있습니다, 태사조님! 저희 형제의 우애는 예나 지금이나 정말 깊습니다."

"그래?"

"넷! 태사조님! 혈도만 풀어주신다면 각골난망 분골쇄신 충성을 다하겠습니다."

"저도 마찬가집니다. 평생 태사조님을……!"

두 형제가 어린 태사조를 향해 애타게 빌었지만 대답은 너무 간결했다.

"엊저녁에도 싸우던데?"

"……!"

"그, 그건……!"

"니들은 내가 만만하지?"

"……."

"어린놈의 자식이 무공 좀 높다고 안하무인이라고 떠들었던 게 너냐? 아니면 너냐?"

"헉!"

"나중에 단단히 버릇을 고쳐 놓겠다고 이빨도 갈던데?"

"……!"

"……."

동생 은호열이 사색이 되었고 은호청 역시 크게 다르지 않은 낯빛이었다. 지난밤 투덜거리며 내뱉은 말을 제대로 다 들은 것이다.

그 순간 은호청이 재빠르게 동생을 가리켰다.

"얘가 했습니다. 얘가……!"

말을 뱉어놓고 나서야 자신이 방금 무슨 짓을 저질렀는지 깨달은 형 은호청.

앞에서 묘한 표정으로 히죽 웃고 있는 얼굴. 이 어린 태사조가 자신들을 완전히 꿰뚫어 보고 있음을 그 순간 뼈저리게 느낀 은호청이었다.

"니들은 안 된다니까. 그냥 청아원에서 애들이나 보고 있어. 거기 칼빵이랑 얼음덩이도 같이!"

염호가 가만히 있는 홍화순과 백소령까지 끌어들였다.

홍화순은 냅다 고개를 숙이며 '충'이라고 소리쳤지만 백소령은 냉기 풀풀 나는 얼굴로 가볍게 인상을 썼다.

"나중에 다 복 받는다. 나 절대 빈말하는 사람 아니야."

그게 아침나절 일이었다.

당연히 홍화순이나 백소령이 설매산장의 형제들을 원망할 수밖에.

이번 속가의 대회동은 두 사람에게도 각기 의미가 남달랐다.

홍화순은 부친이 직접 화산을 찾는다 했다.

알려지기로는 그저 항주 일심무관의 관주라고 하지만 실제로는 중원의 밤 무림 흑회를 지배하는 청방의 방주가 바로 홍화순의 부친 홍괴불이다.

당연히 섬서의 흑회 조직이 난리가 난 상황인데 정작 이인 자인 자신은 또 이 안에 갇혀 있어야 한다는 생각에 답답함이 치밀어 오를 수밖에 없었다.

그럼에도 어린 태사조에게 반항 한 번 하지 못했다.

뭔가, 본능이 말해주는 거슬러선 절대 안 된다는 느낌 때문 이었다.

백소령 또한 사정이 크게 다르지 않았다.

그녀의 사부이자 연화팔문의 문주인 양산매가 전 문도를 이 끌고 발걸음 한다는 연락을 받은 것이다.

말이 방문이지 실상 하례와도 같은 행차였다.

오랜 세월 소원했던 화산과의 인연이 다시 이어지게 되는 일이다. 그렇게 만들려고 백소령은 그간 수고로움을 아끼지 않았다.

틈날 때마다 수시로 화산파의 일을 연통으로 날려 보냈으며 연화팔문이 본산인 화산파로부터 배우고 따라야 할 것이 한가 득이라는 것을 부단히 전했다.

그 노력 끝에 사부의 발걸음을 옮기게 만든 것이다.

며칠 전 인편을 통해 사부의 전서를 받고 잠을 이루지 못하 고 기다린 백소령이었다.

본 문이 화산을 찾는 것은 이미 등선하여 버린 검신의 후광을 얻기 위함이 아니다.

단호히 문호를 정리하여 대화산의 정기를 세운 침정궁주를 문안하고, 그간 본 문의 소홀함을 백배사죄하며 진심으로 교류하기 위함이다.

전서를 읽고 얼마나 기뻤던가.

그런데 정작 마중조차 나가지 못하는 신세가 되어버렸으니 그 원망의 화살이 설매산장의 두 형제에게 향하는 것은 어쩔 수가 없는 일이었다.

"왜… 왜? 뭐, 우리가 뭘 잘못……?"

은호열이 서슬 퍼런 백소령의 눈빛을 이기지 못하고 말을 더듬자, 은호청이 업고 있던 동생을 패대기쳐 버렸다.

"쫌! 부끄러운 줄을 알아라."

"이익! 너! 너!"

다시 실랑이가 시작되려는 그 순간이었다.

이제껏 짜증 가득한 얼굴을 하고 전각 밖을 바라보던 홍화순이 갑자기 두 눈을 부릅뜨며 일어섰다.

"조용!"

홍화순의 목소리가 어찌나 크고 다급한지 설매산장의 형제뿐 아니라 안쪽 청아원 아이들마저 화들짝 놀란 표정이었다.

밖으로 단번에 뛰쳐나간 홍화순이 황급히 고개를 돌렸다.

그 시선이 향한 곳은 우뚝 솟은 연화봉 쪽.

"왜? 왜 그러는데?"

은호열이 바닥에서 버둥거리며 물었지만 은호청마저 두 팔

을 덜렁덜렁 늘어뜨린 채 밖으로 뛰쳐나갔다가 '헉' 소리를
내뱉었다.

그런 반응은 백소령 역시 다르지 않아 밖으로 나간 그녀의
얼굴이 얼음장처럼 굳어졌다.

연화봉 위쪽에서 수직으로 떨어져 내리는 새까만 점들.

두 주먹을 움켜쥔 채 부르르 떠는 홍화순과 등 뒤의 검을 움
켜쥔 손의 경련을 애써 억누르는 백소령의 반응이 사태의 심
각성을 여실히 보여주었다.

수백 장 높이의 절벽에서 망설임 없이 화산파 경내를 향해
떨어져 내리는 이들.

그 신법만 봐도 초절한 경지에 이른 무인들임을 단번에 알
아차린 것이다.

홍화순과 백소령, 은호청의 눈이 마주쳤다.

무슨 말을 나눈 것은 아니지만 각기 자신이 해야 할 일을 알
고 있는 모습이었다.

고개를 동시에 꾸뻑거린 세 사람이 각기 다른 방향으로 재
빠르게 흩어졌다.

두 팔을 덜렁거리며 미친 듯이 산문 아래쪽으로 몸을 날리
는 은호청. 본산제자들에게 이 사실을 알리기 위해서였다.

홍화순은 그 반대편인 남천관 쪽으로 은밀히 이동을 시작했
다.

적들이 떨어져 내리는 곳은 화산의 심처. 무슨 일이 벌어지
려는지 알아보기 위해서였다.

그리고 백소령은 청아원 전각 안으로 들어와 조용히 문을 걸어 잠갔다.

그리곤 천천히 아이들을 둘러봤다.

이미 과거의 경험이 있어서인지 더욱 큰 두려움을 느끼는 아이도 있었지만, 그중 몇 명은 나가서 싸우기라도 할 기세로 일어섰다.

"뭐야? 대체 뭐……?"

픽! 픽!

버둥거리는 은호열의 아혈을 망설임 없이 점해 버린 백소령이 아이들을 향해 더없이 따스한 음성을 내뱉었다.

"아무 일도 없을 거야. 알지? 화산파는 강하다는 걸."

두려워 떨던 아이들이 그녀의 음성에 차츰 진정되어 가기 시작했다.

그럼에도 오히려 백소령의 얼굴은 점점 더 굳어졌다.

싸워볼 엄두조차 나지 않는 이들이 새까맣게 몰려온 상황.

그 순간 백소령은 물론 청아원 아이들 모두가 소스라치게 놀랄만한 굉음이 연이어 들려오기 시작했다.

콰콰콰쾅!
우르르릉!
콰쾅! 쩌저적! 쿠콰쾅!

산자락이 뒤집어지고 전각들이 폭삭 주저앉는 듯한 엄청난 쾅음!

그 무시무시한 소리들이 만들어내는 소름끼치는 두려움이 순식간에 아이들을 잠식해 갔다.

그때였다.

익숙하면서도 너무나 반가운 목소리가 백소령의 귓가로 또렷하게 들려왔다.

"쓰읍! 이것들이 진짜!"

*   *   *

스카카카캉!

연화봉으로 뻗어 오른 절벽 한가운데 깊고 거대한 골이 순식간에 파였다.

무시무시한 속도로 화산파를 향해 떨어져 내리던 용천장 무인들은 화포 소리에 놀란 새 떼처럼 일제히 허공에서 몸을 뒤집고 피하느라 한바탕 난리를 피웠다.

타타타타타탁!

근 이백에 달하는 용천장의 무인이 하강하던 속도를 완전히 죽이고 일제히 거미처럼 절벽에 달라붙었다.

아래쪽 화산파 경내를 향하는 무인들의 시선.

외진 곳, 따로 떨어진 자그마한 전각 앞에 파립을 눌러쓴 사내가 홀로 서 있었다.

사내가 눌러쓰고 있던 파립을 벗어 던진 뒤 천천히 도끝을 세웠다.

넘어오면 죽는다!

아무 말이 없어도 용천장 무인들 모두가 똑똑히 느낄 수 있는 사내의 의지였다.

발치 아래로 기다랗게 파인 흔적.

그것이 사내가 단 한 번의 칼질로 만들어놓은 것임을 알기에 누구 하나 섣불리 움직이지 않았다.

그럼에도 화산을 향하는 그들의 눈에서 두려움을 찾을 순 없었다.

"제법! 헛걸음을 한 것은 아니로군."

거적때기 같은 옷에 산발한 머리카락, 하지만 호랑이처럼 번들거리는 안광을 뿜어내는 노인이 절벽 아래로 훌쩍 뛰어내리며 내뱉은 말이었다.

"동감일세! 저 정도는 돼야 아이들까지 데리고 온 보람이 있지."

앞선 노인과는 반대로 눈부신 연녹색 비단 장삼을 걸치고 한 손에는 새털로 엮어 만든 듯한 새하얗고 커다란 부채를 쥔 노인이었다.

그 노인 역시 절벽 아래로 훌쩍 뛰어내리자 뒤편에 시립하고 서 있던 서귀가 더없이 공손히 두 손을 모아 예를 표했다.

"봉공 어르신! 부탁드리겠습니다."

천하십강으로 꼽히는 금강영왕 서귀에게 극진한 존대를 받은 두 노인은 각기 용천위를 책임지고 있는 좌복 남곤과 천인혈을 손수 키운 우복 현월승이다.

좌복, 우복이란 별호처럼 스스로 용천장의 종복을 자처하지만 두 노인은 실상 한천 연경산에게도 의형으로 깍듯이 대접받아 온 인물들이었다.

"흘흘흘! 제법 튼실해 보이니 딱 놀기 좋겠어."

"허허, 어디 우리 때만 하겠는가?"

"한천과 함께 강호를 종횡할 때는 어디 저만한 적수 하나 있었는가?"

"그 덕에 세상에 이름 한 자 날리지 못했지."

"사람, 별소릴! 다 늙어 공명심이라도 생겼는가?"

"공명심은 무슨! 서둘러 홍아나 구하세."

"흘흘흘. 꼬맹이한테 무슨 탈이라도 나면 한천을 무슨 낯으로 볼까."

허공에서 천천히 떨어져 내리며 주거니 받거니 담소를 나누는 남곤과 현월승의 얼굴에는 여유로움이 가득했다.

마치 어디 뒷산에 산책이라도 나온 듯한 모습이었다.

그렇게 두 노인의 신형이 벽에 다닥다닥 붙어 명령을 기다리는 용천위와 천인혈 무인들을 지나쳤다.

이윽고 야도가 만들어놓은 절벽 가운데 기다란 도흔을 지나치는 순간.

스캉!

섬뜩한 반월형의 도파가 두 사람의 허리를 양단할 듯 엄청난 속도로 짓쳐들어 왔다.

그 순간 남곤과 현월승의 신형이 폭발적으로 반월형 도파를 향해 쏘아졌다.

슈아아—!

먼저 앞으로 튀어 나간 것은 남곤이었다.

허리춤에서 기다란 줄을 꺼내 양손으로 팽팽히 당긴 남곤.

패앵!

남군의 줄이 그대로 반월형 도파를 향해 줄을 후려쳤다.

카캉!

줄과 도파가 부딪혔는데 귀청이 떨어질 듯한 쇳소리가 터져 나왔다.

그리고 남곤의 신형이 절벽에 처박힐 듯 밀려났다.

타탁!

하지만 공중에서 반 바퀴를 회전한 남곤의 두 다리가 절벽을 그대로 박차더니 처음보다 몇 배는 빠르게 야도를 향해 쏘아져 갔다.

쏴아악!

남곤이 뒤로 튕겨진 사이 현월승의 학익선(鶴翼扇)이 춤을 추기 시작했다.

화라라락!

강렬한 바람과 함께 수백 개의 깃털이 일제히 와류를 형성하더니 마치 회오리바람처럼 야도를 향해 쏟아져 내리기 시작한 것이다.

꿈틀!

야도의 눈썹과 도파를 움켜쥔 손마디의 힘줄이 붉어졌다.

우두두둑!

야도가 널찍한 도면 쪽을 드러내더니 십여 번의 맹렬한 도초를 펼쳤다.

전면으로 마치 수십 자루의 도가 나타난 것 같은 환영이 생겨났다.

카카카카카카캉!

달궈진 솥에 새콩이 볶아지는 소리가 쉴 새 없이 이어지며 야도가 만든 도막에 현월승의 학익선이 맹렬히 맞부딪혀 갔다.

콰콰콰콰콰왕!

깃털들이 사방으로 튕기며 주변 담장과 건물들을 순식간에 폐허로 만들어 버렸다.

마치 수십수백 발의 포화를 맞은 듯 참혹한 주변 상황 속에서 야도의 얼굴이 점점 일그러져갔다.

노인들의 무공이 엄청나게 강하다거나 하는 그런 이유 때문이 아니다.

"어지간하면 피는 보지 말고! 알았지?"

반로환동한 검신이 산을 내려가기 직전 내뱉은 말.

"남도련 아작내며 내가 누구 죽였다는 말 들어봤냐? 여기서까지 피 보는 거 정말 싫다. 알아서, 자알~ 판단해라."

어깨까지 툭툭 다독이며 사라진 어린 검신.
빠드득!
야도의 입장에선 이가 갈릴 일이었다.
제힘을 다 쓰고도 얼마나 싸워야 이길까 하는 상대들이다.
그 뒤로 기백에 달하는 일류고수가 대기하고 있고, 전각 안에는 천 초를 겨룰 만큼 호각지세의 여인까지 있었다.
그리고 절벽 위에선 호시탐탐 기회를 노리고 있는 금강영왕까지.
그런 상황인데.
더구나 딸랑 혼자인데.
이 많은 숫자를 상대하며 살초를 쓰지 말라고?
일격필살의 도법만을 평생 궁구해 온 자신에게 손발 다 떼고 싸우란 말과 뭐가 다른가.
'우선은 살아야……'
그런 생각이 문득 들었지만 역시 쉽게 포기가 안 됐다.
파천십이결의 후삼식.
그리고 도의 끝이라는 지천만은…….
야도가 찰나지간 그런 고민에 빠져 있을 때 절벽을 박차고 현월승마저 단번에 추월한 남곤의 입에서 대갈일성이 터져 나왔다.

"어린놈! 방자하구나!"

남곤 정도의 고수나 되니 상대가 제대로 싸우지 않으며, 또 승부에 집중하지 않고 있음을 어찌 모르겠는가.

쐐액!

남곤의 손에 들린 기다란 줄이 뱀이 먹이를 채듯 맹렬히 쏘아져 왔다.

마치 줄의 길이가 수십 배로 늘어난 것 같은 환영!

반사적으로 재빠르게 도신을 세운 야도, 하지만 이내 도를 움켜쥔 손이 살짝 돌아갔다.

화악!

널찍한 도면에서 일어난 풍압이 날아드는 줄을 휩쓸고 뒤이어 남곤의 몸뚱이까지 덮쳐 왔다.

제대로 놀란 남곤이 풍압을 피하기 위해 허공에서 요란하게 몸을 뒤집었고, 그 찰나 현월승의 학익선이 다시 한 번 야도를 향해 강렬한 와류를 뿜어냈다.

쏴아아아!

수천 마리 학이 날갯짓하듯 전면을 가득 채운 새하얀 깃털과 선풍.

야도의 손에 들린 도가 다시 한 번 방향을 틀었다.

슝!

일도양단의 초식으로 와류를 단번에 갈라 버린 야도.

도기는 계속해서 뻗어 현월승의 머리부터 발끝까지를 그대로 갈라 버릴 것 같았다.

기겁한 현월승이 두 눈을 부릅뜨고 정신없이 학익선을 휘둘렀고, 남곤 역시 대경실색해서 정신없이 줄을 휘둘렀다.

크카카카캉!

주르륵!

정신없이 도기를 막으며 십여 걸음이나 물러난 현월승과 남곤.

둘은 더없이 떨리는 눈으로 야도를 응시했다.

그제야 야도가 사정을 봐주고 있다는 것을 확실히 깨달은 것이다.

낭패한 남곤과 현월승의 눈이 서로를 향했다.

짧은 그 순간 이심전심으로 선택할 수밖에 없었다.

장주 연산홍을 구해야 한다는 것.

마음 같아선 죽더라도 원 없이 싸워보고 싶었지만 오늘은 무인으로 선 것이 아니라 용천장의 가신으로 온 것.

"출(出)!"

남곤이 벼락같이 소리치자 여태껏 절벽에 머물고 있던 백여 명의 무인이 일제히 벽면을 박차고 몸을 날렸다.

마치 모두가 한 몸인 듯 일사불란하게 날아오른 용천위가 약속이나 한 듯 재빠르게 등 뒤로 손을 넣었다가 뺐다.

"탄(彈)!"

그때 다시 남곤의 쩌렁쩌렁한 목소리가 울렸다.

등에 교차해 매고 있던 창날을 세운 용천위는 일말의 망설임도 없이 창을 그대로 내려꽂았다.

슈슈슈슈슈슛!

백여 개의 벼락같은 창날이 야도의 온몸을 꿰뚫을 듯 쏟아질 때, 현월승은 또 다른 명령을 내렸다.

"천극진(天極陣)!"

절벽에 남아 있던 천인혈의 무인들마저 기다렸다는 듯 날아올랐다.

오직 절대지경의 고수들만을 상대하기 위해 준비한 무인들.

그들의 합격진이 시작되자 야도의 눈자위가 전에 없이 격하게 꿈틀했다.

지천이고 뭐고 상황이 조금 전과 달라짐을 느낀 것.

당장 목숨 줄이 왔다 갔다 할 정도의 위협이었다.

야도가 여태껏 한 손으로 들고 있던 도를 양손으로 꼭 움켜쥔다.

그때였다.

"다들 멈추세요!"

전각의 방문이 벌컥 열리며 연산홍의 청아한 목소리가 사위를 압도하는 위엄을 담은 채 퍼져 나갔다.

"홍아!"

남곤과 현월승이 동시에 그녀의 이름을 불렀지만 연산홍의 눈은 오로지 야도의 등에 고정된 상태였다.

"남도련주, 야도!"

"······!"

급박했던 상황이 반전되며 순식간에 찾아든 정적.

그 사이로 청아한 목소리가 이어졌다.

"당신이 왜 여기 있는 거죠? 대체 왜 용천장과 싸워야 하는 건가요?"

"……."

기묘한 분위기와 함께 시작된 침묵이었다.

야도를 지척에서 둘러싼 천인혈, 그 밖을 다시 겹겹이 에워싼 용천위, 그리고 연산홍의 등장과 그녀가 내뱉은 이해하기 힘든 말까지.

모두의 시선이 오직 야도를 향해 있었다.

그때였다.

"쓰읍—! 이것들이 진짜!"

하늘이 노하여 소리치는 듯한 목소리가 사방팔방을 가득 메아리쳤다.

연이어.

쾅!

유성이 내려꽂히듯 무언가가 야도 옆으로 떨어져 내렸다.

자욱한 먼지구름이 허공으로 치솟은 가운데 앳된 얼굴의 소년 하나가 모습을 드러냈다.

*　　　　*　　　　*

"허허? 이건 듣던 것보다 더 어린애가 아닌가?"

좌복 남곤의 입에서 허탈함을 넘어 황당함이 가득한 음성이 흘러나왔다.

바로 옆에 선 우복 현월승의 반응 역시 크게 다르지 않았다.

총관 서귀에게 '검신의 제자가 나이는 어려 보여도 천외천의 무공을 지녔다'는 말은 이미 몇 차례나 들었다.

그렇지만 그 어리다는 정도가 이렇게 솜털도 가시지 않은 소년일 것이라곤 생각지도 못한 것이다.

좌복과 달리 현월승의 눈매는 처음보다 더욱 침중하게 가라앉았다.

어리거나 말거나 강한 것은 강한 것이었다. 거기다 뭔가 복잡하게 꼬여 버린 상황까지.

당장 검신의 제자라는 소년도 소년이지만, 장주 연산홍의 지금 모습도 이제껏 한 번도 본 적이 없는 것이었다.

하늘에서 뚝 떨어져 내린 소년과 함께 온몸이 쉼 없이 떨리고 있는 연산홍, 그러면서도 그 눈에선 사생결단의 의지가 줄기줄기 흘러나와 소년을 향하고 있었다.

그런 연산홍의 모습이 현월승을 점점 당황케 만들었다.

하나를 가르치면 열을, 아니, 스물을 깨우치고도 남아 문일지십(聞一知十)이란 말조차 우습게 만들던 아이가 연산홍이다.

어린 시절부터 지금껏 그녀의 재주와 총명함은 늘 기대를 한참이나 웃돌고 남아, 용천의 하늘을 천년만년 반석에 세울 것이라 믿게 만든 아이.

그런 연산홍이 지금 어린 소년 하나를 어쩌지 못해 이렇듯 격정을 감추지 못하고 있는 것이 아닌가.

더군다나 용천위와 천인혈이라는 최강의 수하들을 옆에 둔 상황임에도.

"어이! 너!"

그때 염호의 손끝이 연화봉 꼭대기로 향했다.

화들짝 놀라 눈을 부릅뜨는 서 총관.

삼백 장 높이의 절벽에 서 있음에도 서귀의 온몸이 파르르 떨리는 것이 모두의 눈에 확연히 보였다.

천하십강, 금강영왕, 용천장의 이인자라는 모든 수식어가 무색하게 한눈에도 두려움에 움찔거리는 모습.

그 순간 염호의 무릎이 살짝 굽혀졌다.

쩡!

콰지직!

"......!"

돌덩이를 다져 만든 바닥이 쇠공으로 찍어놓은 것처럼 움푹 파이더니 염호의 신형이 순식간에 까마득히 치솟았다.

쒜ㅡ 액!

삼백 장 높이의 절벽 끝까지 새까만 점이 된 채 날아오른 염호. 그 시각은 눈 한 번 깜빡이는 것보다 빨랐다.

턱!

"흐익!"

염호가 서 총관의 목울대를 움켜쥐고 서 총관의 입에서 새된 비명이 터져 나온 것은 거의 동시에 벌어진 일이었다.

두 눈이 튀어나올 것처럼 변한 서 총관을 번쩍 치켜든 염호가 다시 쾅! 소리를 내며 뛰어올랐다.

슈앙!

공기가 찢기는 소리와 함께 두 개로 변한 새까만 점이 폭발적으로 커져갔다.

콰쾅!

빠직!

서귀의 머리가 땅바닥에 먼저 처박히며 거미줄 같은 균열이 지면을 타고 곳곳으로 퍼져 나갔다.

혀를 길게 빼문 서귀는 이미 눈이 하얗게 뒤집힌 채 뭍에 내던져진 물고기처럼 파닥거리기만 했다.

모두가 입이 쩍 벌어진 상황.

"가만 안 있어?"

염호의 발끝이 서귀의 옆구리에 퍽 하고 꽂힌 것도 그 순간이었다.

"끄어— 어어— 억!"

몸뚱이의 경련은 뚝 하고 멈췄지만 눈이 뒤집힌 상태에서 토해진 소름 끼치는 비명이 뚝뚝 끊어지며 산자락을 처절하게 울렸다.

남곤과 현월승, 용천위와 천인혈은 물론 연산홍에 이어 같은 편인 야도마저 흠칫 몸을 떨었다.

대체 뭘 어떻게 찼기에 금강영왕이라 불리는 저 서귀가 고통과 두려움에 몸서리치는 비명을 쉴 새 없이 토해내는지.

"한 대 더 맞을래?"

"흭!"

연이어진 염호의 음성.

비명을 내지르던 서귀가 순식간에 새우처럼 등을 웅크린 채 부들부들 떨기 시작했다.

비명을 내지르지 않기 위해 주먹을 손안에 집어넣고 피가 나도록 깨물기도 했다.

그 모습이 주변의 모든 이를 다시 한 번 아연실색케 만들었다.

"이… 이 노오옴! 네놈은 무림 선배에 대한 예우도 없……!"

남곤이 호랑이 같은 눈동자를 번뜩이며 소리쳤지만 기세가 완전히 꺾여 버린 상황이라 목소리에 주체할 수 없는 떨림이 가득했다.

"선배……? 예우?"

염호의 입꼬리가 싸하게 말려 올라가며 남곤을 향하자 그는 저도 모르게 흠칫 뒤로 두 발짝이나 물러섰다.

"헉! 흠! 크음!"

뒤늦게 주변의 눈초리를 의식한 남곤이 헛기침을 하며 염호를 노려봤지만, 호랑이 같던 그 눈빛은 이미 겁먹은 강아지 새끼처럼 변한 뒤였다.

"용천장이 문을 연 지 얼마나 됐다고?"

염호의 목소리가 차갑게 흘러나왔다.

보이는 나이답지 않게 묵직하게 가라앉은 그 음성에 모두가 위화감을 느끼며 감히 대꾸하지 못했다.

"내가 한창……."

이름을 날릴 땐 태어나지도 않은 것들이란 말을 하려던 염호가 퍼뜩 정신을 차렸다.

"이제 반백 년도 안 된 것들이……."

"……."

"도문의 조종이며 육대문파의 일좌를 삼백 년이나 지켜온 화산을 침탈해 놓고, 뭐? 무림의 선배?"

염호의 나직한 음성에 남곤은 주둥이가 쏙 들어가 눈빛이 파르르 떨렸다.

그 말이 너무 이치에 맞아 딱히 대꾸할 말이 없었기 때문이다.

그러자 현월승이 나섰다.

"흥! 본 장의 장주를 강제로 구금해 놓고 어디서 궤설을 늘어놓느냐! 그것이 명문정파라는 곳이 할 일이더냐?"

거지 차림의 남곤과 달리 선비풍의 현월승은 추호도 흔들림 없이 염호를 향해 일갈했다.

"염병! 저 기집애가 여기 와서 처음 뭘 어쨌는지 알고나 지껄이냐?"

"……!"

"애 모가지 붙잡고 인질로 삼으라고 했어. 그러다 거꾸로 붙잡힌 거고."

염호가 연산홍과 야도를 번갈아 가리키자 주변 반응이 가관이었다.

무슨 그런 말도 안 되는 소릴 하냐는 눈빛, 하지만 이내 연산홍의 부르르 떠는 낯빛과 야도의 꿈틀하는 눈썹을 보곤 그 말이 틀림없는 사실이라는 것을 알 수 있었다.

현월승마저 할 말을 잃고 말았다.

무공도 무공이지만 입담마저 혀를 내두르게 하니 눈앞의 소년이 점점 더 괴물처럼 느껴졌다.

남곤이나 현월승을 비롯한 용천장 무인들은 이제 뭘 어찌해야 할지 갈피를 잡을 수가 없었다.

장주 연산홍의 명이라도 있으면 일전을 결할 것이다.

상대가 누구든, 그것이 아무리 괴물 같은 존재라 해도 백전불굴의 의지로 임전할 준비만은 차고 넘치는 것이 용천위와 천인혈의 무인들이다.

그런데 그녀가 도통 말이 없고, 대체 무슨 생각을 하고 있는지 알 수 없으니 수하된 입장에서 어떤 판단이라도 섣불리 할수가 없었다.

이제 분위기는 완벽히 검신의 제자, 염호가 장악한 상태였다.

"야도 선배께선 왜 화산을 돕는 거죠?"

오랜 침묵 끝에 연산홍이 내뱉은 한 수는 그것이었다.

처음 전각을 나섰을 때 이후 또다시 되풀이된 그녀의 말에 남곤이나 현월승은 '설마', '진짜로' 하는 표정이었다.

그리고 그녀의 말이 사실이라는 것 역시 충분히 느낄 수 있었다.

이제껏 냉정하기만 하던 도객, 야도의 눈가가 거칠게 일그러져 가고 있었기 때문이다.

"거, 지지배가 눈치는 빨라가지고……!"

그것을 새삼 확인시켜 준 염호의 음성.

애초부터 별로 감추고 말고 할 마음도 없었다는 얼굴이다.

화산 제자들이야 놀라 눈알이 빠질 게 뻔하니 장문인 진무에게만 넌지시 언질을 했다.

뭐 딱히 자랑하고 떠들고 다닐 일도 아니고.

어쨌든 이름값은 있으니 마지막 자존심은 지켜줘야 하니까.

염호가 야도를 측은한 얼굴로 쳐다봤다.

이렇게 된 거 뭐 어쩌겠냐 하는 얼굴.

하지만 연산홍의 표정은 처음보다 더욱 딱딱하고 차갑게 변했다.

만에 하나 천에 하나 자신이 잘못 판단했을 수도 있다는 생각 때문.

"야도 선배! 용천과 남도련이 척을 질 이유가 대체 어디……?"

"…아니다."

"……?"

야도의 입에서 들릴 듯 말 듯한 음성이 흘러나와 연산홍의 눈매가 곱게 일그러졌다.

"나… 야도 아니다."

연이어 한 번 더 또렷하게 이어진 야도의 음성.

"나 야도 아니라고."

"……"

"……"

연산홍은 물론 염호도 벙찐 얼굴이었다.

누가 봐도 야도였다.

천하에 누가 있어 이런 도법을 펼치며 이런 신위를 보이겠는가.

모두가 황당한 눈으로 야도의 어거지를 보고 있을 때 야도의 눈이 염호를 향했다.

흠칫!

염호가 놀라 눈을 크게 떴다.

야도의 그 눈에.

저 무정하고 무심하고 칼 같기만 하던 야도의 눈에 애원의 빛이 넘실거렸기 때문이다.

'어쩌라고?'

염호 역시 어버버 말을 못 이었다.

그 순간.

"나… 나도… 검신의 제자다. 검신이 내게 도법을 가르쳐 준다."

"……"

"……"

"사… 사형……. 그렇지요?"

"어, 어……."

야도가 염호의 사제로 널리 알려지게 되는 순간이었다.

*　　　　*　　　　*

화산의 거친 산세를 치솟아 오르는 장로들.

그 신법이 고절하기 이를 데 없었다.

현오궁의 궁주이자 장로 중 둘째에 해당하는 범중을 필두로 북천관주 대종해와 태허궁주 유학선의 신형이 새처럼 느껴질 정도로 빠르게 산길을 날아올랐다.

"막내야! 빨리 좀!"

나는 듯이 달리던 범중이 뒤돌아서 소리치자 까마득히 아래쪽에 헉헉거리며 내달리는 신응담이 보였다.

한 호흡에 삼사십 장을 치솟아 오르는 사형들의 절륜한 공력에 기가 막히면서도, 지금의 모든 상황이 여전히 꿈만 같은 신응담이었다.

용천장의 무인들이 본산을 급습했다는 이야기를 듣고도 고작 장로 셋만 산을 오르고 있는 상황.

그 꽁무니를 쫓으면서도 머릿속은 오직 검신 태사조와 그 제자라는 소년으로 가득했다.

대체 이 모든 일이 어찌 된 것일까.

그 짧은 고민을 하는 사이 사형인 장로 셋은 벌써 시야에서 사라지고 없었다.

숨이 턱 끝까지 차오르지만 있는 공력 없는 공력을 쥐어짜

지면을 박찼다.

오랜 외유로 먼지 가득한 도포 자락을 휘날리며 그야말로 죽을힘을 다해 산문을 넘었다.

단숨에 남천관을 지나 북천관, 그리고 문제의 장소에 이른 신웅담!

그 눈에 폐허가 된 외당 담벼락과 수많은 무인이 보였다.

어느새 당도해 소년 곁에 선 사형들의 손에는 버릇처럼 뽑어진 검강이 넘실거렸다.

우웅! 우웅! 우웅!

적들과의 교전은 잠시 소강상태인 듯 신웅담의 눈은 오직 어린 소년, 검신의 제자에게만 고정되었다.

이제 그 눈에 보이는 것은 오직 그 하나뿐이었다.

용천장의 무인 그 누구도 신경 쓰지 않고 득달같이 날아 소년 앞에 떨어져 내렸다.

쿠쿵!

그 눈에 서린 다급함은 오직 소년만을 위한 것이었다.

염호 역시 난데없고 서슬 퍼런 신웅담의 기세에 놀라 눈을 동그랗게 치떴을 정도.

신웅담이 염호와 눈이 마주쳤다.

그리고.

쿵! 쿵!

양쪽 무릎이 꺾이며 바닥을 깨놓을 듯 지면과 부딪혔다.

연이어 그 이마가 바닥을 그대로 내리찍는다.

쾅!

"제자 신웅담이 태사조님을 배알합니다."

오체복지하며 터뜨린 그 음성이 얼마나 절절하고 거대한지.

'얘가 왜… 왜 이래?'

염호가 얼떨떨한 눈으로 머리 숙인 신웅담을 내려다보는 순간.

"침정궁주입니다."

"……."

"이전부터 검신 태사조님께서 가장 아끼시던 제자가 바로 저 신웅담입니다."

'내… 내가? 너를……?'

콰쾅!

다시 한 번 머리를 깨져라 박는 신웅담.

"소손! 견마지로를 다해 태사조님을 충심으로 영원토록 보필할 것입니다."

"그, 그래?"

이제껏 본 적 없는 신웅담의 간절한 모습에 염호마저 당황할 정도였다.

그리고.

"하면 소손도… 임독양맥을 좀……."

"……."

"……."

第三章

타닥! 타타타탁!

　이대제자들이 삼대제자들의 어깨를 밟으며 일제히 허공으로 뛰어올랐다.

　쉬익! 쉭! 슈슈슈슈슛!

　이대제자들이 내지른 수십 자루의 검이 독니를 품은 뱀처럼 맹렬하게 뻗어 나갔다.

　팅! 티딩! 티티티팅! 팅!

　허겁지겁 검을 팅겨내는 용천장 무인들, 그 부산스럽고 정신없는 움직임이 사방에 가득했다.

　"차압!"

　약속이나 한듯 기합을 내지르며 허공으로 손을 뻗는 이대제자들.

순간 튕겨진 검이 보이지 않은 실에 이끌리듯 이대제자들의 손으로 빨려 들어왔다.

"능공어검(凌功御劍)!"

난전의 와중 어디선가 경악에 찬 목소리가 터져 나왔지만 이는 시작에 불과했다.

다른 누구도 아닌 천하제일세 용천장, 그중에서도 정예라 자부하는 섬요당 무인들을 상대하면서 화산파의 어린 제자들 표정엔 일말의 흐트러짐도 없었다.

눈에 띄게 당황하고 있는 것은 오히려 섬요당 무인들이었다.

수장인 방자룡은 아무런 명령도 내리지 않았다.

그 때문에 안쪽으로 화산 제자들의 진입을 허락한 것일 뿐이다.

섬요당만 천 명에 달하는 숫자였다. 고작 백여 명에 불과한 어린 도사들의 도발에 코웃음을 칠 상황이었다.

하지만 상황은 정반대로 흘러갔다.

전방에서 검을 튕겨낸 섬요당 무인들은 당황하긴 했어도 즉각적인 응전에 들어갔다.

각자의 병기를 곧추세우고 일제히 반격을 가하려는 순간이었다.

쉬익!

쉬쉬쉭! 휘리리릭!

더 어린 도사들이 바닥을 회오리처럼 쓸어오며 맹렬히 검풍을 일으키는 것이다.

하체가 뭉텅 잘려 나갈 것 같은 날카로운 예기와 살벌한 검풍 수십 개가 휘몰아쳐 왔다.

반격은 꿈도 못 꾸고 오히려 다급하게 뒤로 물러나야 할 지경.

연이어.

쐉! 슈슈슈슈슈숭!

"……!"

숨 쉴 틈도 주지 않고 다시 강렬한 비검이 날아들었다.

따앙! 땅!

따다다다땅!

검은 처음보다 곱절이나 빠르고 강했다.

간신히 막아낸 섬요당 무인들이 두 눈을 부릅뜬 채 손안으로 전해지는 얼얼한 느낌에 넋이 달아났다.

누구도 반격해 나갈 생각을 못하고 오히려 또 한 걸음씩을 물러난 상황.

화산 제자들을 빙 둘러 있던 포진이 그만큼 넓어질 수밖에 없었다.

"합!"

일제히 소리치며 다시 한 번 튕겨진 검을 허공에서 움켜쥔 이대제자들이 몸을 뒤집으며 삼대제자들 위로 떨어져 내렸다.

삼대제자들은 일제히 지면을 쓸고 있던 검을 위로 세웠다.

자칫 떨어져 내리는 이대제자들의 발바닥을 꿰뚫을 것 같은 모습.

하지만.

피잉!

검면을 밟고 그 탄력으로 화살처럼 사방팔방으로 쏘아지는 이대제자들.

쩡!

"컥!"

투강!

"헉!"

카캉! 카카카캉!

"크으으윽!"

검신일체가 되어 날아든 이대제자들의 검격에 눈이 뒤집어질 정도로 놀란 섬요당 무인들.

저마다 정신없이 무기를 휘두르며 막아보지만 비명을 내지르며 뒤로 밀리고 쓰러지고 또 와르르 무너져 내렸다.

커다란 원진의 일선이 속절없이 붕괴되자 뒤편에 선 이들이 당황함을 감추지 못하고 우왕좌왕 난리였다.

처처처처척!

전면을 완벽히 무너뜨리고 그 반탄력으로 되돌아온 이대제자들이 일제히 한 발로 착지하며 전방을 향해 검을 세웠다.

기다렸다는 듯 삼대제자들이 그 옆으로 바닥을 한 바퀴 구르더니 벌떡 일어서 검을 세웠다.

차차차차차차착!

백여 개의 검이 바깥을 향해 커다란 꽃봉오리처럼 만개하는 순간 몇 배나 많은 섬요당 무인들은 당황한 기색을 지우지 못했다.

그때였다.

이대의 맏이 조세걸이 사제와 사질들을 향해 우렁찬 목소리를 내질렀다.

"급할 땐 어떻게?"

"돌아랏!"

이대와 삼대는 한목소리처럼 소리친 뒤 각자의 전방으로 망설임 없이 뛰쳐나갔다.

피리리링!

삼대가 지면을 쓸며 휘돌기 시작하자 그 위를 타 넘은 이대 제자들의 비검이 또다시 팔방으로 쏟아졌다.

속수무책 뒤로 밀리는 섬요당 무인들.

화산 제자들이 만든 원은 점점 더 크기를 키워갔다.

그 중심에서 움직이지 않는 것은 조세걸과 양소호뿐이었다.

섬요당 무인들을 십여 걸음이나 물러나게 한 이대와 삼대들이 다시금 허공과 지면을 미친 듯이 휘돌며 조세걸과 양소호 옆으로 떨어져 내렸다.

처처처처척!

조세걸이 안광을 번뜩이며 당황하고 있는 용천장 무인들을 굽어봤다.

"여기는 화산이다!"

겹겹이 에워싸고 있는 적들을 뚫고 조세걸의 목소리가 대평원 곳곳으로 메아리쳐 갔다.

"덤벼라!"

*　　　*　　　*

"세우검법(細雨劍法)의 일기격검(一氣擊濤)이 저리 절묘하게 펼쳐지다니?"

"그보다 저 소화칠검(小華七劍)의 비화회선(飛花回旋)은 정말 나무랄 데 없이 너무나 절묘합니다."

"비화회선이 아니라 유성진곤(流星震坤)과 유성탈혼(流星奪魂)이 아닙니까? 제 눈에는 분명 유성추월검의 검초로 보입니다."

"그리 헷갈리는 것도 무리가 아니지. 무공과 무공, 초식과 초식을 엮어 만든 엄청난 교공이니 어찌 무엇 하나라 단정 지을까……."

"검신 태사조께서 남겼다는 검신무가 바로 저것이 아닐까 합니다."

"아마도……."

새하얀 능라의 아래쪽에 커다란 홍매화를 수놓은 여자 도사들이었다.

연화팔문의 장로들.

그녀들은 제각기 놀라는 감정을 추스르느라 정신이 없었다.

하지만 그 누구보다 격정에 몸을 떨고 있는 이는 연화팔문의 장문인 양산매였다.

"화산이로구나! 이것이 바로 화산……."

양산매는 본산의 어린 제자들이 펼치는 놀라운 신위 앞에서 망연하면서도 가슴 벅찬 무언가가 차오르는 것을 느끼고 있었다.

"저번에 본산에 시주를 얼마나 했지?"

"미곡 삼백 섬에 비단 이백 필과 무명 오백 필… 백 년짜리 고려삼 열 뿌리와 야명주 다섯 알이니 황금으로 치면 도합 일만삼천 냥 가량입니다요."

"흐음……! 나쁘진 않군. 하면 그 뒤론?"

"검신께서 등선하신 후엔……."

"안 보냈어? 아무것도?"

"장주님께서 지원을 끊으라고 명을 내리셨……."

"내가?"

"……."

"당장 운남으로 사람을 보내."

"네?"

"대리석을 죄다 쓸어와! 죄다~!"

"……?"

"대화산파의 초입이 돌계단이라니 말이 되는가? 내 이참에 대리석으로 산문까지 쫙 깔아야겠다."

중원 상권의 삼 할을 쥐고 있다는 보화전장의 장주 금패 화중악의 목소리엔 넘쳐나는 자부심으로 가득했다.

총림당 왕심봉의 꿈이 이루어지는 순간이기도 했다.

"자랑스럽다. 참으로 자랑스러워!"

더없는 찬사를 내뱉는 중년인, 설매산장의 장주 은목서의 목소리나 표정은 무척이나 차분한 느낌이었다.

하지만 그의 손은 허리춤에 차고 있는 검의 손잡이를 꽉 움켜쥔 채 쉴 새 없이 떨렸다.

여차하면 당장에라도 뛰쳐나갈 듯한 모습.

사자검(獅子劍)이란 그 별호처럼 평온한 가운데에도 그 눈빛만은 전의로 가득 불타올랐다.

은목서의 좌측에 선 풍검대주 교승과 우측에 선 설검대주 모관수 역시 은목서와 크게 다르지 않은 모습이었다.

이글이글 불타는 눈으로 전장을 바라보며 장주의 명이 떨어지기만을 기다리는 상황, 그 뒤로 설검대원 서른여섯과 풍검대원 마흔넷은 벌써 검을 빼 들고 있는 상태였다.

천하제일세 용천장을 마주하면서도 누구 하나 두려워하는 기색이 없었다.

아니, 당장에라도 달려나가 싸우지 못함을 안달하고 있는 모습.

그런 모습은 비단 설매산장만의 분위기가 아니었다.

수천에 달하는 속가의 문인이 벌써 무기를 빼 들고 전장으로 달려들 준비를 마친 상황.

어리기만 한 본산의 제자들이었다.

그런 아이들이 열 배가 넘는 적도들 사이에서 분전하고 있는 모습은 지켜보는 모두의 가슴을 들끓게 하는 무언가가 있었다.

그 속가들이 일으키고 있는 강렬한 전의.

전장은 당장에라도 대규모 난전으로 변해 버릴 상황이었다.

'검신의 제자라……'

들끓는 화산파 속가제자들 사이에서 더없이 냉정한 눈으로 전황을 살피는 눈이 있었다.

방갓을 깊게 눌러쓴 장년인 홍괴불, 그 옆으로는 화음분타주 '교'와 섬서지단주 '촌'이 마치 서로 다른 일행인 것처럼 눈길도 주지 않은 채 서 있었다.

홍괴불이 교를 향하며 방갓을 살짝 들추며 물었다.

"화순이는?"

"아직 본산에 있는 듯……."

"검신이 죽은 지가 언젠데 아직도 운신이 어려운가?"

"그것은 아니옵고, 자청해서 안에 머무는 것 같습니다."

"그 아이가?"

홍괴불은 조금 놀란 눈치였다.

다른 누구도 아니고 바로 자기의 피를 그대로 물려받은 아이였다.

주체하기 힘들 정도로 다혈질이며 어느 누구의 그늘 아래에서 안주하는 것을 천성적으로 싫어하는 성격.

어린 나이에도 청방의 소방주와 혈표란 그 이름이 밤 무림에 쫙 갈린 지 오래인 것이다.

그런 홍화순이 자청해서 화산파에 남았다고?

그것도 반년이나 되는 시간 동안이나 얌전히 숨죽인 채?

"흐음."

홍괴불은 살짝 미간을 찌푸린 뒤 다시 전황 쪽을 살피기 시작했다.

깊게 눌러쓴 홍괴불의 방갓이 잠시 뒤 천천히 아래위로 흔들렸다.

어린 도사들의 분투.

자신도 당장 뛰쳐나가 싸우고 싶은 웅심이 들끓었다.

손안은 어느새 땀으로 홍건할 정도.

"저런 아이들이라면, 반년으론 모자랄 수밖에⋯⋯."

더욱더 깊어진 눈길의 홍괴불이 다시 섬서지단주를 불렀다.

"촌!"

"하명하시지요. 방주!"

"좀 도와주고 싶은데?"

"허헉! 상대는⋯ 용⋯ 용천입니다."

섬서지단주 촌의 얼굴빛이 파랗게 질리는 그때 재빠르게 교가 끼어들었다.

"몽혼향, 최음분, 비소, 사갈독이 있습니다. 하지만 저희 분타에서 특별히 개발한 폭분향(爆糞香)과 반피탄(瘢皮彈)을 적극 권하고 싶습니다."

"……?"

"……!"

"폭분향은 살짝만 맡아도 폭풍처럼 설사가 터지고, 반피탄은 온몸에 가려움증이 생겨 미친 듯이 긁어야……."

"좀, 깔끔한 건 없나?"

"흑회가 싸우는 법이야 늘 그렇지 않습니까? 저희가 무림인도 아니고……."

"교라 했는가?"

"넵!"

"이번에 화순이를 많이 도왔다고?"

"넵! 방주님! 그 화음 분타주가 바로 접니다. 헤헤~!"

교가 화색을 지으며 넙죽 허리를 접자 그 옆에 선 촌의 눈가가 잔뜩 일그러졌다.

"그래. 계속 수고해. 나중에 화순이가 청방을 물려받으면 크게 써줄 걸세."

"……."

"……."

"제대로 한칼 먹일 방법이 없을까?"

홍괴불의 말에 촌이 득의양양한 웃음을 지으며 교를 쳐다봤다.

그리곤 홍괴불 곁으로 바짝 붙었다.

"그렇다면……."

속닥이는 그 음성에 홍괴불의 눈빛이 섬뜩한 빛을 냈다.

끄덕끄덕!

"좋구먼. 아주 좋아!"

*   *   *

"으드득! 서 총관, 이 인간은 대체!"

용천장 무인들의 수장 방자룡은 눈썹이 밖으로 찢겨 나올 것처럼 일그러진 표정이었다.

그 시선은 운무를 뚫고 우뚝 솟은 화산 연화봉 쪽을 향해 있지만 기다리는 신호는 영 감감무소식이었다.

장주 연산홍을 구하면 쏘아 올리기로 한 폭죽은 언제인지 기약도 없고, 괴물 같기만 한 검신의 제자는 어디로 갔는지 보이지 않으며, 갑작스런 화산파 어린 도사들의 난입에 섬요당이 우왕좌왕 허둥지둥 볼썽사나운 꼴을 보이고 있는 상황.

"흠! 일을 대체 어찌할꼬!"

방자룡은 쉽사리 결단을 내릴 수가 없었다.

장주의 안전을 확보하지 못한 상태로 전면전을 시작할 순 없는 일이 아닌가.

그렇다고 그저 버티기만 하기엔 눈앞에 어린 도사들의 합격진이 너무나 매서웠다.

물론 그 정도로 섬요당이나 굉뢰당이 위기에 처할 상황은 절대 아니었다.

전면전을 허락하고 살초까지 명령한다면 오래 걸리지 않아 쓸어버릴 수 있다는 것을 안다.

하지만 만약 그렇게 된다면······.

맞은편 화산파 진영을 훑기 시작하는 방자룡의 낯빛이 썩은 먹빛으로 변해갔다.

수천의 무인이 뿜어내는 압도적인 전의가 피부를 따끔거리게 할 정도였다.

단순히 오합지졸이라 할 수 없을 맹렬한 투지와 기백들.

거기다 검강을 줄기줄기 뿜어내 신위를 보인 화산파 장로들과 한눈에도 엄정한 기도와 강렬한 기파를 느끼게 하는 매화 검수들은 아직 싸움에 나설 생각도 없는 모습이 아닌가.

꿀꺽!

저도 모르게 마른침을 삼키는 방자룡.

약세를 느끼지 않을 수가 없었다.

이러다 자칫 용천장과 화산파 무인들의 시신이 대평원을 가득 채우는 참사가 벌어질 수도 있다는 생각이었다.

그럼에도 더욱 답답한 것은 이대로 물러날 수도 없고, 그렇다고 공격 명령을 내릴 수도 없는 상황이라는 것이다.

"대체 서귀 이 인간은 어디서 뭘 하고 자빠졌어!"

방자룡의 분노 어린 외침처럼 서귀는 그 시각 바닥에 널브러져 있었다.

고통으로 의식이 가물가물한 채 부들부들 떨고 있는 금강영
왕 서귀.

그 위로 염호의 나직한 목소리가 이어졌다.

"어쩔래?"

"……."

"제대로 한번 붙을까? 니들, 그걸 진짜 원해?"

염호의 시선이 연산홍을 똑바로 향했다.

대가리는 대가리끼리, 그것이 염호의 기준이었다.

야도를 비롯한 장로들이 알아서 아랫것들을 상대하고 있으
니.

잠시의 침묵 뒤 연산홍의 맑은 목소리가 흘러나왔다.

"화산이 진짜 원하는 건 무엇이죠?"

질문에 질문으로 차분히 응수하는 연산홍.

보일 듯 말 듯 눈가가 흔들렸지만 그녀는 최대한 침착한 기
색을 유지하려 애썼다.

'기집애가 하여간, 이럴 때도 꼭 머릴 써요. 대체 어떻게 크
면 저렇게 똑똑하고, 또 곱게… 크흠!'

염호는 머릿속 잡생각을 털어낸 뒤 짧게 대답했다.

"간단해. 그냥 조용히 지내자. 예전처럼."

"……?"

"니들은 니들대로, 여긴 여기대로, 아주 조용히."

연산홍의 미간이 살짝 일그러졌다.

애매하기만 한 염호의 말이 쉽게 이해되지 않은 것이다.

"용천장은 용천장이고, 화산은 그냥 화산이다. 그거면 되는 거 아니야?"

"그 말은……?"

"쯧~! 똑똑한 건지, 의뭉스러운 건지. 그냥 가라고. 밑에 애들 데리고 조용히."

"……!"

"그리고 다시 얼씬 안 하면 끝. 이해했냐?"

연산홍의 눈썹이 파르르 떨렸다.

온갖 복잡한 생각이 들 수밖에 없었다.

말이 물러나는 거지 이는 완벽한 굴복이나 다름없었다.

"그럼 서로 피칠갑 하고 누가 이겼네 졌네, 끝까지 가볼까?"

염호의 눈썹이 살짝 말려 올라가는 순간.

우웅! 웅! 웅!

수천 마리 벌 떼가 한꺼번에 날갯짓을 하는 듯한 소리가 염호 등 뒤에서 터져 나왔다.

염호가 살짝 인상을 쓰며 고개를 돌리니 장로 범중과 방도유, 유학선이 또다시 버릇처럼 검강을 뿜아낸 채 눈에 힘을 빡 주고 있었다.

딱 봐도 '우리 잘했죠' 라고 묻는 표정.

그들 뒤로 이제는 들러리가 돼버린 신웅담의 눈이 촉촉이 젖은 채 장로들의 검강과 염호를 애절하게 바라봤다.

'이것들을 대체!'

염호가 고개를 절레절레 저으며 고개를 다시 연산홍 쪽으로 돌리자, 세 장로가 의기양양한 표정으로 용천위와 천인혈 그리고 남곤과 현월승을 향해 눈을 부라렸다.

"쓰읍!"

염호가 휙 하니 고개를 돌려 노려보자 그제야 흠칫한 세 장로가 검강을 쏙 집어넣었다.

"에효효~!"

염호가 긴 한숨을 쉬며 연산홍을 봤을 때 그녀의 입이 무겁게 열렸다.

"그럼 대체 나를 여기에 가둔 이유……."

왜 이곳에 가두고 이 난리를 벌였느냐 묻고 싶은 것이 연산홍의 속내였다.

"니들이 먼저 왔잖아? 먼저 덤빈 것도 이놈이고."

퍽!

"끄— 으— 으— 윽— 악!"

옆구리를 살짝 걷어차인 것뿐인데 서귀가 다시 한 번 숨이 넘어갈 듯 처절한 비명을 토해냈다.

염호를 제외한 주변 모두가 오싹한 느낌에 잠시간 몸을 오들오들 떨어야 할 정도의 비명.

그저 듣는 것만으로도 고통의 정도가 모두에게 생생하게 전해지는 느낌이었다.

"됐지? 그럼 이놈 데리고 얼른 가."

염호가 이제는 진짜 볼일이 끝났다는 표정으로 횡 하니 뒤돌아서 버렸다.

다시 모두가 당황한 표정.

이번 사태가 이렇게 간단히 끝날 수 있는 종류의 일인가 하는 얼굴들이었다.

그때 염호가 살짝 고개를 돌려 연산홍을 바라봤다.

"참! 꼭 기억해 둬야 할 것!"

"……?"

"곱게 보내주는 건 이번 한 번뿐이야."

순간 염호의 얼굴 위로 굵은 힘줄이 불끈 치솟았다.

우두두둑!

연이어 옷자락 주변으로 일순간 거센 바람이 휘몰아쳤고.

후우우웅!

"컥!"

"큭!"

"크악!"

남곤과 현월승을 필두로 이백에 달하는 용천장 무인이 일제히 비명을 토하며 바닥으로 주저앉았다.

"……!"

연산홍의 두 눈 역시 화등잔만큼 커졌다.

마치 보이지 않는 엄청난 크기의 바위에 한꺼번에 짓눌린 듯한 용천장의 부하들.

그 표정이 일그러진 것은 물론이요, 얼굴은 삽시간에 땀과 고통으로 얼룩져 두 눈만 이리저리 굴리느라 난리가 아니었다.

"꼭 겪어봐야 믿는 놈이 있으니까."

"……!"

"이놈처럼 한 번 말해도 안 되는 놈도 있고."

발길을 돌리기 전 다시 한 번 서귀를 걷어차려는 시늉을 하는 염호.

"사, 살려, 살려, 제발, 살려……."

새우처럼 등을 웅크린 채 두 손 두 발을 닳도록 싹싹 비비며 허우적거리는 서귀의 모습에 염호의 눈이 가늘게 떠졌다.

그 표정이 더없이 차가워 서귀는 더 애원도 못 하고 부들부들 떨기만 했다.

"또 까불래?"

부르르르!

사시나무 떨듯 온몸을 경련하는 서귀가 미친 듯이 손을 내저으며 도리질을 쳤다.

누가 그 꼬락서니를 보고 천하의 서귀이자 용천의 이인자인 금강영왕을 떠올릴 수 있을까.

그제야 실눈을 뜨고 있던 염호의 표정이 흡족하게 변했다.

"똑똑히 기억해라! 나는 염호다."

"……."

"검신 사부 정도는 예전에, 까마득히 예전에 이겨 버린 엄청난 몸이란 말이다. 알았냐?"

말해놓고 뭐가 좋은지 입가에 히죽 미소를 지은 염호가 뒤돌아섰다.

휘적휘적 걸어 나가는 염호. 그때서야 용천위와 천인혈 무인들이 일제히 바닥에 널브러졌다.

"헉!"

"컥!"

"크윽!"

온몸이 땀으로 흠뻑 젖은 그들 눈가에 가득한 것은 오직 하나의 감정뿐이었다.

바로 두려움.

연산홍 또한 다르지 않았다.

더없이 깊어진 눈으로 염호가 사라진 곳을 응시할 뿐, 그 어떤 말도 꺼내지 못했다.

"무너진 담장이랑 전각 보수비는 정식으로 청구하겠소. 무량수불~!"

그 와중에 화산파의 장로 범중은 그 말까지 더했다.

*   *   *

"이걸 믿어야 할지 말아야 할지……."

북검회의 군사 좌문공의 입에서 허탈함이 가득 배인 장탄식이 흘러나왔다.

두 눈으로 보고도 믿기 힘든 현실 앞에서 완전히 망연자실한 표정이었다.

좌문공의 등 뒤에 바짝 붙어 커다란 깃털 우산으로 그늘을 만들던 검객 역시 크게 다르지 않은 모습이었다.

저도 모르게 검을 움켜쥔 손바닥 안은 땀으로 축축이 젖었고, 매의 눈처럼 날카롭게 변한 눈동자는 화산 제자들의 검식 하나하나를 쫓느라 쉴 새 없이 번뜩였다.

대평원이 훤히 내려다보이는 언덕에 선 두 사람은 전황을 지켜보는 내내 앞으로 북검회가 가야 할 길을 생각하느라 너무나 복잡한 심경이 될 수밖에 없었다.

"북검회가 품을 수 있는 그릇이 아니야. 어찌해야 할까! 어찌해야⋯⋯."

넋을 놓고 있던 좌문공의 눈빛이 깊은 호수의 물처럼 침잠되어 갔다.

뭔가 수를 내야 한다는 것은 알겠는데 도저히 답이 없었다.

이렇게 윗선부터 아래까지 예외 없이 강하며, 더불어 속가들의 단합까지 잘되는 곳이 또 어디 있겠느냐 하는 생각이었다.

그즈음이었다.

우산으로 차양막을 만들던 검객이 화들짝 놀라 고개를 치켜들었다.

"응?"

놀란 좌문공의 시선 역시 검객을 따라 이동한 순간 그 표정이 '이건 또 뭐야' 하는 얼굴로 변해 버렸다.

파라라라라락!

화산의 중턱에서 불쑥 치솟은 그림자의 옷자락이 격렬한 바람 소리를 토해냈다.

"멈추세요!"

청아하면서도 가슴에 팍 꽂힐 것 같은 고운 여인의 목소리
가 대평원 구석구석으로 퍼져 나간 것이다.

용권풍처럼 사방으로 휘도는 옷자락이 강렬한 풍압을 만들
고 그 기세에 화산파 제자들이 화들짝 놀라 뒤편으로 빠르게
물러난 것은 거의 동시에 벌어진 일이었다.

쿠쿵!

연산홍이 전장의 한가운데 뚝 떨어져 내렸다.

"아!"

그녀를 본 순간 화산 제자 몇이 저도 모르게 탄성을 뱉었다.

혼전의 와중이라는 것도 잊고 멍한 눈으로 그녀를 보는 것
이다.

개중엔 대체 뭔 생각을 하는지 귓불까지 빨개진 제자도 있
었다.

반면 용천장 무인들의 분위기는 완전히 달라져 버렸다.

"추웅! 장주님을 뵈옵니다!"

일제히 내공까지 담아 있는 힘껏 소리치자 엄청난 박력이
천지를 요동칠 듯 줄기줄기 퍼져 나갔다.

그 분위기는 이제껏 화산의 제자들이나 수천에 달하는 속가
에게 짓눌려 있을 때와는 하늘과 땅 차이처럼 달라졌다.

"장주님께서 오셨다!"

방자룡이 이제껏 참았던 울화를 터뜨리며 소리쳤다.

"섬요당과 굉뢰당은 눈앞의 적도들을 당장 쓸……!"

"그만! 그만하세요!"

"……?"

놀란 방자룡이 두 눈을 치켜뜨는 순간 연산홍의 나직한 목소리가 귓가로 또렷하게 전해졌다.

"돌아갑니다."

"……!"

"이제 전부 제자리로 돌아갈 시간입니다."

"장주님?"

방자룡이 황당함을 참지 못하고 대꾸했다.

도저히 이유를 납득할 수 없다는 표정.

용천장이, 대용천장의 무인들이 이러한 멸시를 당했는데 어찌 발걸음을 돌릴 수 있냐는 무언의 항변이 그 얼굴에 차고 넘칠 정도로 가득했다.

더구나 용천위와 천인혈이 무사히 임무를 수행한 상황.

장주 연산홍의 안위가 확보됐으니 이제야말로 용천장의 힘을 저 무지몽매한 작자들에게 똑똑히 알려야 할 때!

연산홍이 그런 방자룡을 보며 말없이 고개를 가로저었다.

"장주! 대체 왜……?"

항변을 거듭하려던 방자룡의 눈이 부릅떠졌다.

때마침 산자락 아래로 힘없이 걸어 내려오는 몇몇 그림자를 본 것이다.

좌복 남곤과 우복 현월승, 두 사람이 축 늘어진 서귀를 양팔로 부축한 채 파리한 낯빛으로 걸어 내려왔다.

용천위와 천인혈은 아예 보이지도 않았다.

"대체 무슨……?"

연산홍이 아무 말 없이 또 한 번 고개를 저었다.

방자룡도 뭔가를 느꼈는지 더는 그녀를 향해 의문을 표할 수가 없었다.

딱 봐도 일패도지의 모습이 아닌가.

자세한 사정은 후일 남곤이나 현월승에게 들어야 할 터. 서귀가 넝마처럼 변한 모습만으로도 충분히 속사정이 있음이 느껴졌다.

"모두 돌아갑니다."

연산홍의 목소리가 다시 한 번 흘러나오자 섬요당이나 굉뢰당 무인들은 뭔가 찝찝하고 뭔가 답답함을 감추지 못하는 표정들이었다.

그렇다고 감히 항명할 수는 없는 일. 주섬주섬 뒤편으로 밀려나는 그들이 이제껏 감춰왔던 살기와 울화를 눈빛으로 토해냈다.

결국 용천장 무인들은 변을 보고 밑을 닦지 못한 느낌으로 엉거주춤 뒤로 물러섰고, 가장 선두에 연산홍만 홀로 선 모습이었다.

역시나 반대편에서 난전을 이끌던 이대와 삼대제자들이 물러섰다.

그들은 장문인 진무와 장로들을 향해 공손히 예를 표한 뒤 뒤편으로 걸어 들어갔고, 그 순간 여기저기서 격한 환호성이 터져 나왔다.

"와! 화산파 최고다!"

"화산이 용천장을 물리쳤다."

"여기가 화산파다!"

속가들 사이에서 우렁우렁한 외침들이 터져 나왔지만, 전처럼 기세로 완벽히 상대편을 압도할 수는 없었다.

이제껏 억누르고 있던 살기를 완전히 끌어올린 용천장 무인들의 기세가 찬물을 끼얹은 듯 그 분위기를 대번에 지워 버렸기 때문이었다.

장문인 진무 역시 사태를 충분히 파악하고 있었다.

위에서 무슨 일이 벌어졌는지는 모르나 최소한 화산파에 유리하도록 수월히 풀렸다는 것만은 충분히 알 수 있는 일. 더 이상 괜한 자극으로 끝나가는 상황에 불을 지를 이유는 없다 여겼다.

진무가 화산을 대표하여 연산홍을 향해 걸어 나가려 했다.

"왜? 뭐 더 볼일 있어?"

산자락으로 뒤늦게 염호가 느릿느릿 걸어 나왔다.

그 뒤를 따라 장로들이 쫄래쫄래 걸어오는데 그 모습이 꼭 어린애처럼 우쭐하여 고개를 바짝 쳐들고 있는 것이 뭔가를 자랑하지 못해 안달이 난 모습이었다.

그걸로 충분히 모두가 상황을 납득해 버렸다.

염호가 천천히 다가서자 진무는 말없이 고개를 숙이며 자리를 내쳤다.

시작도 염호가 했으니 끝을 내는 것도 염호의 몫이리라.

그동안 연산홍은 말없이 염호를 응시하기만 했다.

이전과는 또 달리 너무도 고요하고 평온한 그녀의 얼굴이 묘한 파장을 일으키며 주변의 분위기를 무겁게 만들어갔다.

규중화 연산홍.

규방 안에 있음에도 천하를 아우른다는 그녀의 별호가 한 치의 거짓도 없음을 알리며 점점 더 큰 존재감을 발하는 것이다.

사위를 압박하며 점점 더 강해지는 그녀의 기세.

물론 염호에겐 씨알도 안 먹혔다.

"왜? 뭐?"

"한 번 하자."

"으… 응……?"

"네놈이 먼저 한 번 붙자고 안 했느냐!"

연산홍의 뚝뚝 끊어지는 음성, 염호가 땀을 삐질 흘리며 재빠르게 주변을 살폈다.

다행히 무슨 큰 오해는 없는 듯.

'이 지지배가!'

바로 직후 들려온 연산홍의 일갈.

"간닷!"

슈앙!

"잉?"

콰— 앙!

연산홍의 주먹과 염호의 팔뚝이 마주친 접점에서 터져 나온 강렬한 굉음과 기파가 엄청난 풍압으로 변해 사방으로 퍼져 나갔다.

후아— 악!

지면을 휩쓰는 강렬한 풍압이 삽시간 거대한 먼지구름으로 변해 허공으로 뭉게뭉게 피어올랐고, 화산파 장로들과 매화검수들은 소스라치게 놀라 그 여파를 피해내기 위해 몸을 날려야만 했다.

"이 지지배가! 진짜!"

놀라고 놀란 염호가 짜증 가득 소리쳤다.

팔뚝이 쩌릿쩌릿한 게, 방심하고 있다가 그야말로 제대로 험한 꼴을 당할 뻔한 것이다.

그럼에도 연산홍은 무섭도록 굳어진 눈빛으로 염호를 응시할 뿐이다.

연산홍의 주먹과 염호의 팔이 교차된 상태.

둘은 서로를 코앞에서 바라봤다.

염호는 와락 인상을 찌푸렸고 연산홍의 눈가는 더없이 크게 흔들리다 이내 잠잠해져 갔다.

그 잠시의 순간 동안 거센 기파의 영향에서 벗어난 주변의 모든 무인이 숨죽이며 앞으로 벌어질 일을 지켜봤다.

천지가 모두 멈춰 버린 듯한 무거운 침묵.

숨소리도 들려오지 않는 압박감이 팽배한 가운데 연산홍이 먼저 움직였다.

　뒤로 한 발 물러선 연산홍.

　그녀가 두 손을 모으며 염호를 향해 공손히 고개를 숙였다.

　"용천의 장주! 연산홍. 패배를 인정합니다."

　"……!"

　"저는 이곳에 남겠습니다."

　"……?"

　"정체된 벽을 허물 때까지 가르침을 허락해 주십시오."

　"어? 어? 뭐?"

第四章

눈부실 정도로 새하얀 백옥과 대리석으로 이루어진 전각 무결옥(無缺屋). 그 앞에 북검회의 군사 좌문공이 납작 엎드린 채 머리를 조아렸다.

"…용천장은 그렇게 물러났고, 금강영왕은 반 폐인이 되었으며, 규중화는 패배를 자청하며 새로운 화산의 태사조에게 머리를 숙였습니다. 실질적으로 용천장이 패한 것을 만인 앞에 선포한 것입니다."

문이 어디 있는지 이음새조차 보이지 않는 새하얀 전각 밖에서 음성만 계속되었다.

"거기다 화산파의 장문인 이하 장로들이 어검비행과 검강을 선보이며 화산팔선(華山八仙)이란 명호를 얻었고, 어린 도사들이 펼친 검신무진(劍神舞陣)은 단번에 소림의 대나한진과 무당의 대천구궁검진과 이름을 나란히 해 강호삼대합격진으로 이름을 떨치기 시작했사오며…….”

“…….”

“…그뿐 아니옵고 검신의 제자는 압도적인 신위를 내비친 것도 모자라 천래궁 요천이 보내온 배첩을……!”

스카캉!

쩌어억!

쿠쿵!

일순간 새하얀 벽의 중심으로 빛이 번쩍하더니 전각이 그대로 반으로 쪼개져 버렸다.

“……!”

좌문공은 놀라 치뜬 눈만 천천히 끔뻑거렸다.

좌우로 쪼개진 무결옥 안쪽, 좌정하고 있는 검성의 모습이 보였다.

좌문공이 이토록 놀란 것은 빈손으로 전각 전체를 깔끔하게 잘라냈다는 사실 때문만이 아니었다.

검성이 무결옥을 벗어났다는 사실, 지난 십 년 동안 단 한 번도 밖으로 나오지 않았던 그 검성이 스스로의 의지로 무결옥을 벗어났다는 그 사실이, 좌문공의 눈빛을 이토록 흔들리게 만드는 것이었다.

“천래궁의 도전장?”

검성의 담담해 보이는 눈이 좌문공을 향해 고정되었다.

"그, 그러하옵니다."

"천래궁이? 검신도 아니고, 그 어린놈에게 배첩을 보냈다?"

"그, 그러……."

"감히! 본좌가 기다림을 알면서 고작 그 어린 애송이에
게……!"

검성의 은회색 눈썹이 강풍에 휩쓸리는 것처럼 격하게 떨리
기 시작했다.

좌문공은 고개를 바짝 숙인 채 온몸이 쪼그라드는 듯한 압
박감을 견뎌야만 했다.

"똑똑히 알려줄 필요가 있겠구나. 본좌 엽무백이 누구인지
를……!"

좌정을 풀고 일어선 검성의 눈에서 세상을 얼려 버릴 것 같
은 무시무시한 한광이 번뜩였다.

한 걸음을 내딛자 검성의 신형은 어느새 좌문공을 지나쳤
다.

두 걸음을 내디딜 때는 벌써 무결옥과 북검회 장원의 경계
선에 이르렀으며, 세 걸음으로 북검회의 영역마저 훨씬 벗어
난 후였다.

한 발을 더 내디뎠을 때 검성의 모습은 그 어디에서도 찾을
수가 없었다.

*　　　*　　　*

용천장이 물러나고 칠 주야가 흘렀다.

그사이 하루하루 속가의 문인들은 사이좋게 순번을 정해 본산에 하례를 올렸고, 본산의 장로들은 그들의 예를 받으며 돈독하고도 끈끈한 미래를 약속했다.

곧 끊어질 실처럼 약하게 이어져 오던 속가와 본산의 관계가 재정립되는 날들을 맞고 있는 것이다.

그 와중에 총림당 왕심봉은 입이 귀까지 걸려 찢어지기 직전이었다.

"흐흐흐흐! 이게 대체 얼마냐, 얼마?"

눈앞에 가득가득 쌓여가는 재화와 예물들을 보며 왕심봉은 입을 헤벌쭉 벌렸다.

"쓸데없는 생각 하지 마세욧!"

화소옥이 일침을 가하자 왕심봉이 '왜 또?' 하는 표정을 지었다.

화소옥은 짜증을 지우지 않고 그냥 홱 고개를 돌려 총림당을 나와 버렸다.

"칫! 은자 백 냥만 더 모으면 되는데!"

화소옥은 두 볼이 잔뜩 부은 얼굴로 중얼거렸다.

갑작스레 들어온 시주에 딱 은자 백 냥만 모자랐다. 그거면 죽은 검신과의 약속을 끝낼 수 있는 것이다.

화산의 재산을 열 배로 불리겠다는 약속!

"대리석 같은 걸 대체 왜 깔아? 진짜 장사꾼 맞아?"

아버지 화중악을 향한 원망도 잠시, 그녀의 눈에 멀리 소요정 앞에서 모인 사람들이 보였다.

나이 어린 태사조가 머물게 된 소요정. 그러고 보니 지난 며칠간 문턱이 닳도록 속가의 하례가 이어졌지만 정작 태사조의 모습은 코빼기도 보이지 않았다.

그런데 소요정 앞에 본산의 윗사람들이 잔뜩 모여 있으니 궁금증이 일어날 수밖에 없었다.

장문인 진무가 보였고, 장로들도 모두 한자리에 모였다.

뒷줄에는 설매산장의 멍청한 형제들이 서로를 들쳐 업고 쭈뼛거리고 있는데 그 꼴을 보자마자 한숨부터 나왔다.

"에휴! 저 치들은 대체 언제 사람 될까?"

그 무렵 소요정 쪽에서 가슴속에서 끓어오르는 듯한 목소리가 울려 퍼졌다.

"태— 사— 조님!"

침정궁의 장로 신응담이 바닥에 머리를 조아리며 소리쳤다.

"흠흠! 막내야, 그러지 마라."

"그래, 체통 없이 이게 무슨 짓이냐?"

"니가 아무리 그래도 우리 화. 산. 팔. 선.에 낄 수는 없을 거다."

장로의 둘째 범중과 셋째 방대유, 옥허궁의 서림까지 놀리듯이 말을 내뱉었다.

하지만 신응담은 결연한 눈빛이었다.

단순히 의지를 넘어 이 자리에 칼을 물고 말 것이라는 간절

함마저 가득한 얼굴.

며칠째 얼굴 한 번 보지 못한 태사조와 오늘은 무슨 일이 있어도 결판을 내겠다고 마음먹은 것이다.

"태사조님! 침정궁주! 신웅담이옵니다."

한 음절 한 음절 뚝뚝 끊길 때마다 피가 토해질 듯한 절절함이 가득했다.

또 다른 장로들이 저마다 한마디씩을 할 것 같은 그때 장문인 진무가 나섰다.

"그만하시게."

진무의 말에 신웅담이 울컥해서 사납게 진무를 올려다봤다.

"……?"

고개를 갸웃하는 신웅담.

진무가 그만하라고 말한 대상이 자신이 아니라 뒤편의 장로들임을 알아챈 것이다.

지난 며칠간 화산팔선화산팔선 하며 어찌나 놀려대던지 검 강이고 뭐고 다 좋으니 한판 붙자는 소리가 목구멍까지 치솟을 뻔했다.

무수히 많은 속가제자들의 눈만 없었다면 진짜 생사결이라도 벌려보고 싶은 심정.

거기다 지금은 또 어찌 알고 우르르 몰려와서 이렇듯 놀려대는지 피가 거꾸로 솟는 기분이었다.

신웅담이 그런 기분을 다 지우지 못하는 그때 갑자기 진무가 신웅담 바로 옆에 무릎을 꿇고 앉았다.

"······?"

연이어 대장로 손괴를 비롯한 장로들이 두 사람 뒤로 경건히 무릎을 꿇기 시작했다.

어리둥절한 신웅담이 고개를 삐딱하게 세우며 대체 왜들 이러시나 하는 표정이었다.

"태사조님! 진무이옵니다."

"태사조님! 대장로 손괴 이하 장로들이옵니다."

장로들이 깊게 예를 올렸지만 꽉 닫힌 소요정의 문은 열릴 줄 몰랐다.

"대체 왜들······?"

신웅담이 진무를 향해 의문을 표했지만 진무는 들은 척도 않고 소요정을 향해 입을 열었다.

"화산의 제일검은 침정궁주이옵니다."

"······!"

"침정궁주는 검신 태사조님의 명을 받고 세상에 나가 세운 큰 공이 있사옵니다."

대장로 손괴의 음성이 연이어 흘러나왔고, 며칠 내내 가장 열렬하게 신웅담을 놀리던 범중이 말을 이었다.

"오늘 이렇듯 화산을 우뚝 세워 속가들을 불러 모은 것은 등선하신 태사조님이 계신 것이 절반이오, 단호히 문호와 기강을 세운 침정궁주의 공이 절반이라 할 수 있사옵니다."

순간 다른 장로들이 미리 입이라도 맞춘 듯 일제히 목소리를 높이며 머리를 숙였다.

"은혜를 베풀어주십시오, 태사조님!"

장로들이 고개를 깊게 숙이는데 신응담만이 멀뚱한 눈으로 사형들의 머리통을 바라봤다.

한 번 숙인 장로들의 머리는 올라오지 않고 바닥을 향해 멈춰 버린 채 시간이 흘러갔다.

"하……."

신응담은 그런 사형들을 보며 마음속의 무언가가 툭 하고 터지는 듯한 느낌을 받았다.

본산에 돌아온 후 내내 머릿속을 가득 채웠던 검강은 저 멀리 사라지고 평생을 함께해 온 늙어버린 사형들만 보였다.

그제야 두 눈과 마음이 차갑게 식는 느낌이었다.

"고개를 드십시오."

장로들과 진무가 살짝 눈만 돌려 신응담을 바라보는데 신응담이 수십 년 동안 한 번도 보지 못한 표정을 짓고 있었다.

신응담이 입가에 묘한 미소를 물고 있는 것이다.

어린 시절, 까마득한 어린 날을 제외하곤 한 번도 본 적이 없는 신응담의 낯선 표정.

"사형들이 여기 계신데, 나 하나 모자라면 어떻습니까?"

"……!"

"화산이 있고 사형들이 있으니 충분합니다."

신응담이 미련 없이 자리에서 일어섰다.

외려 당황한 것은 장로들과 진무였다.

어린 태사조가 무슨 생각인지는 알 수 없었다.

일대제자마저 다 뚫어준 임독양맥을 유독 신응담에게만 해주지 않는 이유.

하지만 이렇게 장로 모두가 애원하면 안 될 이유가 없다고 판단하여 특별히 한자리에 모인 것이다.

"사제……."

"잠시만……."

"태사조님께서 금방……."

"인생은 한 방이라고 하셨단 말일세!"

장로들이 허둥지둥 일어서 신응담을 붙잡으려 했다.

그런데 신응담이 또 웃었다.

그 웃음에 가식이 없음을 어찌 수십 년 함께 지내온 장로들이 못 알아보겠는가.

"저는 정말 괜찮습니다. 이대로도……."

장로들이 안타까움을 지우지 못하며 낮게 혀를 찼다.

진무나 손괴도 짐짓 당황하여 어쩔 줄을 몰라 했다.

의당 은혜를 받아야 한다면 당연히 평생 화산의 검로만 붙들고 살아온 신응담의 몫이 아니겠는가 하는 생각이었다.

마치 그것을 가로채 버린 듯한 느낌에 미안한 마음을 지울 길이 없었다.

그러니 태사조께 다시 한 번 애원하고 간청해야 한다는 마음들.

그때였다.

벌컥!

내내 닫혀 있던 소요정의 문이 우악스레 열렸다.

"태사조님!"

염호를 보자 장로들은 반색하며 소리쳤다.

이제 됐다 하는 표정들을 지었지만 신웅담은 외려 너무나 차분한 표정이었다.

"하아~!"

신웅담의 입에서 나직한 숨소리가 흘러나왔다.

욕심을 떨치고 나니 눈앞에 보이는 것은 그야말로 너무나 어린 소년이 아닌가.

이 어린아이 앞에서 그렇게 죽자 살자 매달렸다 생각하니 입가에 절로 쓸쓸한 웃음이 흘러나올 지경이었다.

그렇다고 대화산파의 항렬과 위계를 무시할 수는 없는 일.

신웅담은 담담한 표정으로 염호를 향해 예를 취한 뒤 말없이 뒤돌아섰다.

장로들이 안타까운 표정을 지으며 안절부절못할 때.

"신웅담!"

우뚝!

나직한 염호의 목소리에 신웅담의 몸이 저도 모르게 파르르 떨렸다.

"화산의 검은 공(功)에 있지 아니하다."

신웅담의 눈이 동그랗게 치떠진 채 염호를 향했다.

욕심을 지운 뒤 핏덩이 소년으로 보이던 염호의 그림자가 일순간 폭발적으로 커지는 기묘한 착각에 빠져들었다.

"또한 화산의 검은 완전하지 않다."

"······!"

"이 세상에 완벽한 무공이란 없다. 사람이 만든 것에 완벽이 어디 있단 말이냐!"

"······."

"사람은 본래 그런 것이다. 모든 것이 완벽하다면 삶이 왜 필요할까. 우리는 부족하기 때문에 살아간다."

"······!"

"신응담."

염호의 나직한 목소리가 다시 한 번 신응담의 귓가로 꽂혔다.

신응담은 아무런 대답도 못 하고 그저 염호를 바라보기만 했다.

"너는 복이 많다. 부족한 것이 많으니 채울 것은 또 얼마나 많을까."

"······."

"······."

소요정 앞에 선 염호의 그림자가 일순간 끝없이 자라나 우뚝 솟은 연화봉을 굽어보는 느낌이었다.

그 염호의 등 뒤로 또 다른 태사조의 잔영을 느끼며, 신응담의 양 무릎이 바닥을 향해 툭 하고 꺾였다.

"태사조님······."

　　　　　　*　　　　*　　　　*

　본산과 속가의 회합이 끝나고 또다시 몇 날이 지났다.

　들떴던 분위기는 차분히 가라앉았고 화산파는 어느새 과거의 일상으로 돌아가는 중이었다.

　그럼에도 곳곳에 넘쳐나는 활력은 화산이 과거의 화산이 아님을 여실히 느끼게 했다.

　그 와중에 조용한 경내를 빨빨거리며 여기저기 뛰어다니는 이가 있었다.

　일대제자 반운산이었다.

　"서 장로님! 남천관으로 모이시라는 전갈입니다."

　"응?"

　"저도 송 사형에게 들은 겁니다. 범 장로님과 신 장로께도 소식을 좀……."

　후다닥!

　반운산이 재빠르게 뛰어가 버리자 서림이 목소리를 높였다.

　"누가? 왜?"

　"태사조님이요……."

　"힉! 알았다. 알았어!"

　서림 역시 체통을 잊고 열심히 장로들의 처소 여기저기를 뛰어다니기 시작했다.

　"이대제자는 연무를 중지하고 남천관으로 모이라는 태사조님의 명이시다."

반운산의 우렁찬 목소리와 더불어 이대제자들의 더 큰 화답이 이어졌다.

"네엡!"

잠시 뒤 반운산의 목소리가 여기저기서 터져 나왔다.

"삼대제자는 지금 즉시 남천관으로 집결하라."

"청아원 제자들도 전부!"

"왜요?"

"태사조님 명이시다."

"우와~!"

여기저기서 시끌벅적 두런두런 화산 제자들이 남천관 앞 너른 마당에 모습을 드러내기 시작했다.

다들 영문을 몰라 하면서도 하늘같은 태사조 염호의 얼굴을 본다는 생각에 수련을 중단한 것도 잊고 한가득 기대감을 품은 얼굴이었다.

"그런데 니들은, 안 갔네?"

본산제자들 뒤쪽에 모여 있는 속가제자 사이에서 흘러나온 음성이었다.

화소옥은 이해가 안 간다는 표정으로 설매산장의 은씨 형제를 쳐다봤지만, 두 형제는 전과는 사뭇 다른 모습과 다른 표정이었다.

멀쩡히 자신들의 발로 서 있는 두 형제.

검신 태사조와 어린 태사조에게 연이어 당한 형벌이 거둬진 것도 낯설었지만, 매일 티격태격 물과 기름 같던 두 형제가 나란히 서서 남천관 쪽을 바라보는 그 모습이 더 이상했다.

마치 원래부터 우애 깊었던 형제 같다고 할까.

화소옥은 다시 한 번 고개를 갸웃했다.

조금만 시비를 걸어도 발끈하던 은호열까지 모른 척하는 것을 보니 왠지 분위기가 완전히 바뀌어 버린 느낌이었다.

화소옥은 대꾸 없는 은씨 형제들 근처에 서 있는 새로운 먹잇감을 찾았다.

"오! 화순이~!"

홍화순의 얼굴 사이로 길게 난 칼자국이 꿈틀거렸다.

일순간 서늘함을 느낀 화소옥이 흠칫하며 입이 쏙 들어가 버렸다.

왠지 더 이상 장난을 붙일 수 없는 분위기.

평소 늘 웃는 얼굴에 사람 좋아 보이던 홍화순이 이렇게 살벌한 느낌을 풍기는 것도 처음이었다.

'뭐야? 얘들 왜 이래?'

뭔가 싸한 분위기에 화소옥이 입술을 삐죽 내밀고 눈썹을 잔뜩 찡그렸다.

그때였다.

"소옥아."

연화팔문의 백소령이 부르는 목소리였다.

"네, 언니!"

"넌 왜 아직 남아 있니?"

"……."

백소령의 음성마저 뭔가 전과 달랐다.

화소옥은 우물쭈물 대꾸를 하지 못했고 그때서야 백소령이 빙긋 웃었다.

"검신 태사조님과의 약속 때문이지?"

"네… 뭐… 이제 쪼끔만 더 하면 되니까……."

백소령이 그럴 줄 알았다는 듯 고개를 끄덕이며 웃는데 화소옥이 눈을 끔뻑거렸다.

그러고 보니 백소령이 웃는 모습도 처음 본 것이다.

"넌 같이 안 가나 보구나?"

"네?"

뜬금없는 백소령의 말에 화소옥이 고개를 갸웃거릴 즈음 남천관 앞쪽에 모인 본산제자들의 술렁임이 시작됐다.

"삼가 장문인을……."

뒤늦게 나타난 진무가 손을 휘휘 젓자 대례를 올리려던 제자들이 멈칫했다.

"조용! 오늘 이 자리는 태사조님을 위한 것이다. 준비는 해 뒀느냐?"

"넷! 장문진인."

일대의 장제자 송자건이 우렁찬 목소리를 듣고서야 다들 오늘 왜 이곳에 모이게 됐는지 눈치를 챌 수 있었다.

태사조가 모은 것이 아니라 장문인이 불렀다는 것.

그런데 장문인 진무의 얼굴에 환하고 인자한 웃음이 가득했다. 오랫동안 시달리던 병치레에서 벗어난 장문인의 웃음이 제자들을 덩달아 미소 짓게 만들었다.

그러면서도 대체 무슨 일을 준비했기에 평소 근엄하기만 한 장문인이 저리 신바람을 감추지 못하는 얼굴일까 하며 다들 궁금함이 더해가는 표정이었다.

진무는 남천관 너머 어서 빨리 태사조가 나타나 주기만을 기다리는 얼굴이었다.

"뭐야? 다 모였어?"

"태사조님!"

"마침 잘됐네."

염호가 슬렁슬렁 발걸음을 옮기며 나타나자 처음 화색 가득하게 반겼던 진무의 표정이 점점 굳어졌다.

고개를 갸웃거리는 진무.

"태, 태사조님 어딜 가시려고⋯⋯?"

당황한 진무는 말끝을 흐리며 염호가 등에 메고 있는 봇짐과 그 얼굴을 눈을 끔뻑이며 쳐다봤다.

"뭐, 할 일도 다 했으니까."

"네에?"

'진무 너도 건강해졌고, 화산파도 이만큼 키워놨는데 뭐 하러 여기 처박혀 있을까?'

염호의 속내도 모른 채 진무는 그때서야 사태를 파악했다.

"태, 태사조님! 무슨 그런 황망한 말씀을!"

놀란 것은 장로들도 마찬가지, 황급히 대장로 손괴까지 나섰다.

"태사조님! 대체 소손들이 무엇을 잘못했기에……?"

"그런 거 아냐!"

"태사조님!"

"쓰읍! 아니래도!"

"……."

"……."

진무나 손괴는 필사적이었다.

연이어 사태를 파악한 장로들이 털썩 무릎을 꿇자, 본산의 제자들도 덩달아 무릎을 꿇었다.

"태사조님!"

"화산을 버리지 마시옵소서."

"소손들을 이끌어주시옵소서!"

가슴이 복받친 듯 여기저기서 쉴 새 없이 터져 나오는 가슴 절절한 목소리에 염호가 '내 이럴 줄 알았다' 하는 표정을 지으며 제 볼을 슬슬 긁적거렸다.

"쩝! 어디 멀리 간다는 게 아니고."

"……."

"뒤에 쟤네들 보이지?"

"……?"

"순시? 순방? 뭐 그런 거야. 본산만 챙겨서야 쓰겠어?"

납작 엎드렸던 제자들이 고개를 갸웃거리며 눈을 치켜떴다.

그때서야 염호는 자신이 지을 수 있는 최대한 근엄한 표정을 지었다.

"도(道)가 어디 산중에만 있을까?"

"……."

"내 친히 두루두루 속가를 둘러보고 화산의 뿌리를 더욱 깊이 내리려 함이니. 만세의 기틀이 이 걸음 안에 있지 않겠느냐."

"태사조님!"

크게 감읍한 제자들이 일제히 그 뜻을 이해하고 다시 머리를 조아렸다.

염호는 더없이 만족한 웃음과 함께 천천히 고개를 끄떡였다.

'진무야~! 건강해라. 애들 잘 이끌고…….'

그때 제자들 뒤편에서 묵직한 소리가 들려왔다.

쿵! 쿵!

은호청 은호혈 형제가 바닥이 깨져라 무릎을 꿇는 소리였다.

"크흡!"

"태사조님의 은혜! 백골난망이옵니다."

동생 은호열은 감동에 젖어 폭포수 같은 눈물을 쏟아냈고, 형 은호청은 두 눈에 별빛이 담겨 있는 것처럼 초롱초롱한 눈망울로 염호를 하염없이 바라봤다.

　본산의 은혜를 베풀기 위해 태사조가 직접 설매산장을 찾는다는 말을 들었으니 그간 쌓여왔던 모든 원한과 불만은 사라지고 하염없는 존경심만 가득 차올랐다.

　"흠흠! 뭘, 백골난망씩이나……."

　염호가 민망함을 감추기 위해 제 볼을 제 볼을 살살 긁었다.

　다 필요해서 한 일일 뿐인데 너무 과하게 감동받은 거 같아 조금 켕기기는 했다.

　도사로 살아갈 생각은 눈곱만큼도 없었다.

　그렇다고 온갖 고생하며 이만큼 화산파를 만들어놨는데 그냥 도망치듯 사라지고 싶은 생각 역시 전혀 없었다.

　'억울해서 안 되지. 암!'

　내내 방에 처박혀 생각해 낸 것이 바로 속가 문파들의 순시였다.

　게다가 생각 이상으로 반응들이 실해 염호의 얼굴에 절로 미소가 감돌았다.

　"태사조님… 참으로 크신 뜻을 모르고 불경하였사옵니다."

　장문인 진무가 크게 깨우친 듯 염호를 향해 대례를 올렸다.

　본산만을 위하던 옹졸함을 크게 깨우치고 더없는 존경의 눈으로 염호를 바라보는 것이다.

　장로들과 본산제자들 역시 마찬가지. 모두 한마음으로 염호를 향해 경건히 대례를 올렸다.

　"그래그래, 그런데 니들은 왜 모였어?"

"……."

"나 가는 줄 알고 모였냐?"

"아!"

그제야 정신을 차린 진무가 재빠르게 송자건을 향해 눈짓했다.

연이어 송자건이 이대제자 조세걸을 향해 눈짓하자 기다렸다는 듯 이대제자 몇이 후다닥 움직였다.

염호가 '뭐 하니' 하는 표정으로 고개를 갸웃거렸지만, 진무는 일평생 지어본 적 없는 듯한 웃음을 실실 내비쳤다.

'얘가? 왜 이래? 징그럽게?'

잠시 뒤 사라졌던 이대제자들이 나타났는데 염호의 표정이 삽시간에 완전히 달라졌다.

"……!"

처음엔 두 눈이 튀어나올 것처럼 치떴다가 다음엔 탱탱한 볼살이 쉴 새 없이 경련하더니 나중엔 바지에 실례라도 한 것처럼 온몸을 부들부들 떨기까지 했다.

염호의 너무나 격한 반응.

진무는 이미 예상했다는 듯 더없이 만족한 얼굴이었다.

"역시 한눈에 알아보시는군요."

"……."

"저런 귀한 것이 어째서 그리 소홀하게……."

진무는 입가에 웃음을 지우지 못하며 입을 열었지만 염호는 벌써 술에 취한 사람처럼 휘청거리며 앞으로 걸어 나가기 시작했다.

그러면서도 그 눈은 오직 뭔가를 낑낑거리며 들고 오는 이 대제자들을 뚫어버릴 것처럼 쳐다볼 뿐이었다.

"공동 목욕장의 옷걸이로 있던 겁니다. 아무리 봐도 곤오강 으로 만든 것이……."

진무가 염호를 뒤따르며 열심히 설명을 했지만 염호에겐 들리지도 않는 것처럼 보였다.

염호는 온몸을 달달 떨며 이대제자 둘이 낑낑거리며 어깨에 들쳐 메고 온 거대한 도끼를 향해 손을 뻗었다.

"오오오……."

무슨 약에라도 취한 듯 반쯤 넋이 나가 있는 염호의 모습에 오히려 도끼를 지고 온 제자들이 흠칫 놀랄 정도였다.

더구나 그 입에서는 도무지 무슨 감정이 담겨 있는지 알 수 없는 신음 같은 것만 계속 흘러나왔다.

제자들이 멈추기도 전 염호의 손은 이미 거대한 도낏자루를 붙잡았다.

척!

손바닥에 시꺼먼 도낏자루가 착 감기는 순간.

"흐웅!"

묘한 콧소리가 더해졌다.

이대제자 둘이 간신히 들쳐 메고 온 도끼를 공깃돌처럼 가볍게 들어 올린 염호.

운집해 있던 본산제자들이 다시 한 번 태사조의 신력에 감탄하는 눈빛이었다.

그런데 그다음이 더욱 묘했다.

"하으응!"

시꺼먼 도낏자루에 두 볼을 비비며 또 한 번 이상한 소리를
토해냈다.

그리고 그 소리는 한 번으로 끝난 게 아니었다.

"흐응! 흠! 아~"

"……."

제자들의 눈에 그게 정상으로 보일 리 없었다.

솜털 보송보송한 미소년이 시커멓고 굵은 도끼 자루에 얼굴
을 잔뜩 부비다 급기야 가랑이 사이까지 끼고 도끼날에 입까
지 맞추고 있으니.

"……."

하지만 염호의 눈에는 지금 아무것도 보이질 않았다.

아니, 염호의 오감 안에 존재하는 것은 이제 오직 손에 들린
거대한 도끼뿐이었다.

백 년 세월을 훌쩍 넘어 패왕부(覇王斧)를 본 것이다.

사부로부터 물려받은 뒤 숱한 생과 사의 순간을 함께해 온
자신의 애병.

찾을 수도 없고 다시 만들 수도 없어 완전히 포기해 기억에
서마저 지웠던 패왕부가 다시 손에 들어온 것이다.

그 격동 어린 감정을 누가 이해할 수 있을까.

그때 누군가 염호를 향해 쭈뼛거리며 다가섰다. 이대제자 중 주방을 책임지고 있는 허복이었다.

허복은 조심스럽게 다가가 오더니 한참을 멈칫거렸다.

"저, 이것도 좀……."

허복이 내민 것은 자그마한 손도끼였다.

전대와 전대, 그 이전 언제부터 오래도록 내려오는 녹슬지 않는 작은 도끼.

장문인 진무가 쓸 만한 도끼가 있으면 전부 가져와 보라는 말을 꺼내자마자 벼락치듯 떠오른 물건이었다.

"오옷!"

손도끼를 보자마자 염호가 번개에 맞은 것처럼 다시 몸을 푸르르 떨었다.

"오! 오! 오! 옹!"

"……."

흑뢰정(黑雷霆)이었다.

패왕부와 함께 흑뢰정을 다시 보게 된 격정은 염호의 머리 끝부터 발끝까지를 뒤흔들었다.

"저… 태사조님……?"

염호의 격정이 끝나고도 잠시의 적막이 흘렀다.

염호를 부르는 진무의 음성 역시 너무나 조심스러웠다.

"그, 그럼 보여주시지요."

"……?"

"검신 태사조님의 마지막 심득 말입니다."

"아."

"자하역류탄(紫霞逆流彈)과 매화천강추(梅花天罡鎚)라 하셨
지요?"

진무의 초롱초롱한 눈망울을 보며 염호는 완전히 제정신으
로 돌아왔다.

그럼에도 패왕부와 흑뢰정을 든 양손의 떨림만은 쉬 멈추질
않았다.

"보여주지. 보여줘야지."

우우우웅!

"……!"

"……!"

第五章

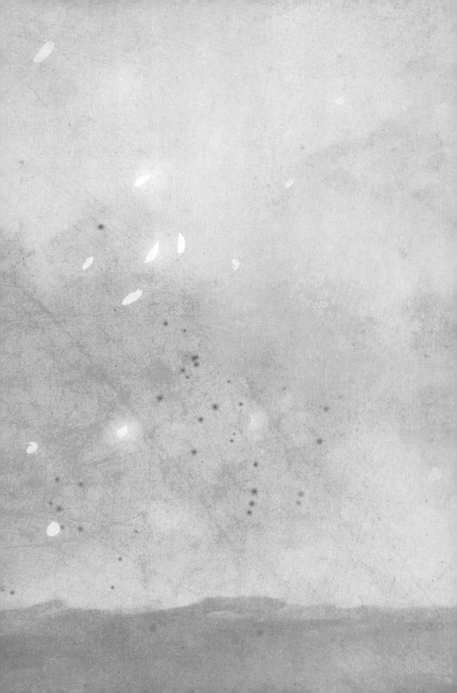

"자네들, 그 소문 들었나?"

"무슨 소문?"

"왜, 이번에 요기 화산파에 덤볐다가 박살이 난 거기 말일
세."

"용천장? 용천장이 왜?"

"……"

여태 시끌벅적하던 객잔이 갑자기 쥐죽은 듯 조용해지며 사
람들의 시선이 대화를 나누는 이들을 향해 삽시간에 모여들었
다.

별생각 없이 떠들던 장사꾼 셋이 그 시선에 흠칫하며 주변
눈치를 살피기 시작했다.

딱 보니 주변에 병기를 지닌 이가 가득했고 쳐다보는 눈초리들이 영 심상치 않았다.

한눈에도 살벌함이 느껴지니 까딱 말을 잘못했다가 무슨 탈이 나는 건 아닌가 걱정이 될 정도였다.

화산파의 명성이 대륙 곳곳으로 퍼져 나가 그 세가 과거 어느 때와도 비할 바 없는 시기였다.

천하제일세 용천장이 스스로 패배를 자인하고 물러선 일은 그만큼 강호를 뒤흔드는 일대 사건일 수밖에 없었다.

당연한 듯 화산 인근 화음현으로 수많은 무인이 모여들기 시작한 것이다.

딱히 그들에게 무슨 목적이 있어서는 아니었다.

으레 하남에 가면 소림사를 찾고, 호북에 가면 무당파를 찾는 그런 정도의 이유.

"용천장이 어떻게 됐다는 거지?"

조용한 가운데 반대쪽 객잔 구석에서 흘러나온 음성이었다.

객잔 안의 시선이 이번에 그쪽으로 확 쏠렸다.

그런데 사람들이 그 목소리의 주인을 보고 와락 인상을 찌푸렸다가 또 한 번 표정들이 슬쩍 변하기 시작했다.

이제 열댓 살이나 되었을 것 같은 소년이 반말을 찍 내뱉은 상황.

그런데 그 소년의 분위기나 그 옆에 동석하고 있는 이들이 풍기는 느낌이 심상치 않았다.

우선 푸른색 비단옷을 화려하게 차려입은 소년 옆에 엄청 큰 도끼 한 자루가 보였고, 소년 왼편엔 커다란 대도를 등에 교차하여 메고 있는 파립인이 자리했다.

거기다 소년의 오른편에 면사를 쓴 여인이 있었는데 드러난 눈동자만 봐도 천상의 선녀 같은 느낌이었고, 다시 그 옆으로 얼굴에 길게 칼자국이 그려진 청년과 얼음덩이처럼 차가운 인상의 여인이 자리했다.

그나마 그 자리에서 조금 평범해 보이는 이들이 똑 닮은 두 명의 검수였다.

화산을 벗어난 염호와 이런저런 이유로 일행이 된 이들이다.

"그러니까 용천장이 어떻게 됐다는 거냐고?"

염호가 옆자리에 앉은 연산홍을 의식해서인지 살짝 눈에 힘을 주자 멀리 떨어져 앉은 장사꾼들이 흠칫하며 말을 쏟아내기 시작했다.

"돌아가는 길에 횡액을 당했다고 합니다."

"응……?"

염호가 고개를 갸웃할 때 연산홍의 쏟아질 것 같은 커다란 눈망울 역시 잠시간 흔들렸다.

용천장에 횡액이라니?

화산에서야 말도 못할 괴물 때문에 못 볼 꼴을 보였다지만 또 어디에서 감히 용천장에 시비를 붙일 수 있단 말인가.

"다른 게 아니라 모두 쫄쫄 굶어서 피골이 상접한 모습으로 돌아갔다고……."

"가는 길목마다 누군가 식량을 죄다 쓸어갔고, 물가엔 죽은 동물이 가득해 물 한 모금 제대로 마시질 못했다는……."

상인 둘이 번갈아 입을 열면서 염호 일행의 눈치를 살폈다.

더불어 객잔 안쪽에 자리한 무인들은 이게 뭔 소리야 하는 황당한 표정을 지었다.

순간 염호가 잠시 눈썹을 가운데로 모았다가 휙 하고 홍화순을 노려봤다.

움찔!

"왜? 뭐 찔려?"

"넵? 네? 소손이 무슨……?"

"딱 들어봐도 흑회 쪽 애들이네……. 슬슬 피 말리며 치고 빠지는 거."

"……."

염호가 입가에 묘한 미소를 지으며 홍화순을 쳐다보자 홍화순은 고개를 푹 숙인 채 딴청을 피웠다.

'제, 젠장! 아버지? 그런데 태사조가 어떻게 그걸?'

홍화순이 내심 복잡한 생각으로 안절부절못할 때 면사 아래로 연산홍의 목소리가 들려왔다.

"무슨 소리지요? 흑회라니요?"

연산홍은 염호를 향해 결코 예를 잃지 않았다. 그럼에도 그 눈빛만은 전혀 이해할 수 없다는 듯 옅게 흔들렸다.

천하 경영을 위해 배우고 자라왔지만 밤 무림을 통칭하는 흑회에 대한 것은 이제껏 들은 바가 전혀 없는 연산홍이었다.

그게 아니라도 용천장쯤 되는 세력에게 흑회란 발가락의 때처럼 여겨지는 것이 사실이었다.

누구도 그녀에게 흑회의 존재 따위를 거론할 필요가 없었던 것이다.

"그런 게 있어. 지지배가 알아서 좋을 것 없는⋯⋯."

"⋯⋯."

"자자, 다들 얼른 배나 채워. 먼 길 가야 하니까."

염호가 탁자를 가득 채운 요리 중 소채 볶음을 한 젓가락 푹 집은 뒤 우걱우걱 씹기 시작했다.

다들 그런 염호를 가만히 바라보기만 하자 염호가 한 소릴 더했다.

"먹을 수 있을 때 잘 먹어둬. 그래야 나중에 후회 안 해."

염호는 그 말을 끝으로 이리저리 젓가락을 옮기며 폭풍 같은 흡입을 시작했다.

시작은 소채 볶음이었지만 삶은 돼지고기와 구운 오리, 국물을 우려낸 닭 요리까지 딱 봐도 기름이 좔좔 흐르는 음식들만 골라가며 거리낌 없이 씹고 삼켰다.

화산파의 태사조가 기생오라비 같은 비단 옷을 입고 게걸스럽게 육식을 하는 것이 정상으로 보일 수는 없는 상황.

"쩝! 쩝! 니들 확실히 알아둬라. 나는 도사가 아니야."

"⋯⋯?"

"쩝! 쩝! 거 뭐냐, 맞다. 관문제자. 나는 그런 거라 도사 생활 안 해도 되는 거야."

"……."

"끄어억! 맞지, 사제? 그러니까 너도 먹어라."

염호가 바로 옆 야도의 입에 닭다리 하나를 푹 쑤셔 넣으려
했다.

순간 파립이 홀렁 벗겨지며 야도의 고개가 휙 꺾였다.

닭다리를 피하려는 민첩한 움직임.

하지만.

퍽!

염호의 손이 섬전처럼 궤적을 바꿨고 야도의 입술에 닭다리
가 그대로 꽂혀 버렸다.

야도가 온갖 인상을 쓰며 벌레를 씹는 듯한 얼굴로 닭다리
를 베어 물었다.

동석한 이들이 그 묘한 광경에 다들 고개를 갸웃거릴 때 염
호가 스윽 하니 다시 그들을 둘러봤다.

"뭐, 밥 생각 없냐? 그럼 빨리 갈 길들 가."

"네?"

"그게 무슨?"

"함께 가시는 것이 아니고요?"

백소령을 비롯해 은호청 은호열 형제들이 차례로 눈을 동그
랗게 뜨고 되묻자 염호가 '뭐가 문제야' 하는 표정이었다.

"나중에 들릴게."

"……?"

"다음에 들린다고."

"언제쯤 방문하여 주시는지 어른들께 고하여야 하는 터라……?"

다른 이들과 달리 가슴을 쓸어내리던 홍화순이 차분한 표정으로 묻자 염호가 히죽 웃는다.

"너랑 갈 거야."

"……!"

"항주라고 했지?"

"……."

"거기가 좋잖아. 항주……."

염호의 눈꼬리가 묘하게 올라가자 홍화순은 낯빛이 삽시간에 썩어 들어갔다.

반면 다른 속가제자들은 황당한 표정을 감추지 못하고 홍화순과 염호를 번갈아 보기만 했다.

그러거나 말거나 염호의 마음은 벌써 항주에 도착한 것 같았다.

하늘에 천상이 있으면 지상에는 소주와 항주가 있다는 말이 있다.

천하절경인 것은 말할 것도 없고 산해진미와 명주(名酒), 남자들의 가슴을 설레게 하는 이름난 기녀가 구름떼처럼 모여 있는 지상 최고의 향락도시 항주.

'거기다, 거기. 백 년 만인데…….'

염호의 속내를 아는지 모르는지 동석한 이들은 각양각색의 표정을 지을 수밖에 없었다.

척!

염호가 벌떡 일어서며 패왕부을 어깨에 걸쳤다.

"뭐해? 가자."

객잔 밖을 향해 휘적휘적 걸어 나가는 염호의 뒷모습을 다들 멍한 눈으로 뒤쫓았다.

*   *   *

화강암을 둥그렇게 다듬어 쌓아놓은 기둥이 웅장한 대전의 양옆으로 끝도 없이 이어져 있었다.

대전 안 차가운 돌바닥에는 수백에 달하는 사람이 바짝 엎드려 고개를 들지 못했고, 그들의 선두에는 백옥을 깎아 만든 듯한 미청년이 무릎을 꿇고 있었다.

"…불경하게도 그 어린 마귀는 감히 신공의 위엄을 깎아내렸으며, 천하에 존재해서는 안 될 해악으로 신벌이 내려야 마땅할……."

가슴이 절절하게 입을 떼는 미청년은 천래성축도를 이끌었던 신공사자였다.

그는 두 눈에 원독을 가득 품은 채 눈앞에 우뚝 솟은 제단을 향해 절절한 목소리를 이어갔다.

제단의 양옆으로 도열해 있는 또 다른 신공사자들 역시 입을 여는 미청년처럼 하나같이 남자인지 여자인지 구분하지 못할 정도로 화려한 차림과 빼어난 용모를 지니고 있었다.

그르릉!

순간 한 자 두께의 돌 제단이 얼음에 미끄러지듯 돌아가며 시커먼 의자 하나가 천천히 솟아올랐다.

엎드려 있던 모든 이는 물론 제단 옆에 도열해 있던 미청년들 역시 입을 모아 소리쳤다.

"신공현신! 태평성대!"

"천래성도! 앙천광복!"

거대한 대전이 떠나갈 듯 거대한 합창 소리가 울릴 때 시꺼먼 의자가 온전한 모습을 드러냈다.

"신공현신! 태평성대!"

"천래성도! 앙천광복!"

두 번째 외침은 처음보다 훨씬 우렁찼다.

그르릉!

뒤로 돌려져 있던 의자가 반 바퀴 휘돌며 그곳에 착석한 신공의 모습이 드러났다.

새까만 비단 옷에 먹물을 칠한 듯한 까만 얼굴색과 머리칼, 그 사이로 드러난 새하얀 눈자위가 섬뜩한 느낌이었다.

"신공현신! 태평성대!"

"천래성도! 앙천광복!"

세 번째 외침은 앞선 두 번째보다 더욱 커 소리치던 이들 중 입에서 핏물을 토하는 이가 보일 정도였다.

그르릉!

이번엔 의자가 반대편으로 한 바퀴를 돌며 눈부신 백의 비단 옷에 분칠을 한 것 같은 새하얀 낯빛과 온통 새하얀 머리칼을 한 신공의 모습이 보였다.

온통 새하얀 모습 가운데 유독 까만 눈동자가 처음 본 흰자위와는 반대로 너무나 부드럽게 웃고 있는 느낌이었다.

"신공현신! 태평성대!"

"천래성도! 앙천광복!"

마지막 외침과 함께 곳곳에서 간질 걸린 환자처럼 부들부들 떨며 혼절하는 이가 속출했다.

그르릉!

그때서야 의자가 정면으로 반 바퀴 휘돌며 온전한 신공의 모습이 드러났다.

절반은 머리부터 발끝까지 하얗고 또 그 절반은 새까만 너무나 기이한 모습. 특히나 그 얼굴 모습은 더욱더 기괴해 까만 쪽은 잔뜩 화가 난 표정이고 하얀 쪽은 너무나 인자하게 웃는 얼굴이었다.

"본 궁주의 배첩을 거부했다?"

신공의 나직한 목소리에 신공사자가 머리를 푹 꺾으며 목청을 높였다.

"신공!"

신공사자의 대답 뒤 신공의 모습이 변하기 시작했다.

"고얀지고~!"

"고얀지고~!"

마치 하얗고 까만 두 사람이 내뱉는 듯한 두 줄기 음성이 한 입에서 흘러나왔다.

연이어.

새까맣게 화가 난 얼굴색이 새하얀 얼굴색 위로 번져가기 시작했다.

온몸을 반씩 나눴던 색깔마저 까맣게 덧칠되어 가는 그때.

작고 작아진 인자한 표정의 입술이 달싹거리며 열렸다.

"태평성대를 위해!"

팟!

순식간에 온몸이 새까맣게 변한 신공이 갑작스레 고개를 미친 듯이 털기 시작했다.

부르르르륵!

분노라는 감정만 담긴 시꺼먼 탈을 쓴 모습의 신공.

"본좌 신벌을 내릴지니!"

              *   *   *

"그럼, 다시 뵙는 날까지……."

"대체 인사를 몇 번이나 하는 거야?"

염호가 살짝 눈썹을 치켜 올리자 설매산장의 두 형제와 연화팔문의 백소령이 넙죽 허리를 접은 뒤 재빠르게 뒤돌아섰다.

그들이 부랴부랴 떠나는 모습을 엄청나게 부러운 눈으로 바라보고 있던 홍화순을 향해 염호가 손가락을 까딱였다.

"너는 잠깐 따로 이야기 좀 하자."

"넷?"

화들짝 놀란 홍화순의 어깨 위로 손을 턱 걸친 염호가 야도와 연산홍을 힐끔 쳐다봤다.

"따라와라."

목을 잡아끌다시피 하며 멀어지는 염호와 홍화순을 보며 파립 아래로 드러난 야도의 눈빛과 면사 위 연산홍의 눈이 잔잔히 떨렸다.

십 장 정도까지 멀어진 염호가 홍화순에게 뭐라고 속닥이자, 홍화순이 사색이 되어 고개를 절레절레거리고 양손을 마구 흔들며 땀까지 삐질 흘리는 것이 보였다.

'저 흉험한 늙은이가 또 무슨 수작을!'

야도의 머릿속에 떠오른 생각이었다.

도무지 상식이란 것이 통용되지 않는 검신—야도의 입장에서야 오직 자신만이 염호의 비밀을 알고 있다고 철석같이 믿고 있었다—이 또 무슨 속셈이 있어 저러나 싶었다.

그런 마음은 연산홍도 크게 다르지 않았다.

내공을 끌어올려 청력을 높였지만 견고한 무형의 벽이 둘의 대화를 완전히 차단하고 있음이었다.

당연히 염호의 의중이 궁금해질 수밖에 없었다.

잠시 뒤 얼굴빛이 창백하게 변한 홍화순을 그 자리에 두고 염호가 두 사람을 향해 다가와 물었다.

"니들은 어쩔래?"

"……?"

"……?"

"계속 같이 따라다닐 거냐?"

연이어진 말에 야도나 연산홍 모두 당황한 얼굴이었다.

특히나 야도의 입장에선 황당함을 넘어 한 대 제대로 맞은 것 같은 기분이었다.

먼저 끌고 다니기 시작한 것이 누구인가.

화산으로 끌고 온 것도 눈앞의 염호고 무공을 미끼로 삼 년 간의 복종을 강요한 것도 염호였다.

그런데 이제 와 뭐라고?

그런 야도의 속내를 간파했는지 염호가 슬그머니 다가와 야도의 어깨에 손을 얹었다.

"너도 저쪽에서 따로 이야기할까?"

홍화순과 마찬가지로 야도를 이끌고 연산홍과 멀찌감치 떨어진 염호가 재빠르게 공력을 끌어 올려 보이지 않는 막을 쳤다.

순간 야도가 탁 하고 염호의 손길을 뿌리치더니 적대감 가득한 표정으로 한 걸음을 물러섰다.

"무슨 속셈이오?"

"속셈은 무슨……. 그냥 상황이 좀 변한 거야."

"……?"

"우리 애들이 제법 세졌잖아. 그러니 딱히 널 붙잡고 있을 이유가 없어졌지."

'사실, 널 혼자 두고 가는 게 제일 찝찝하다.'

염호는 야도 같은 인간을 많이 상대해 봤다.

태어나길 무골로 태어난 이런 인간들은 주변을 둘러보거나 배려하는 데 완전히 무관심한 종자다.

오직 무공에만 미쳐 있어 어디로 튈지 전혀 예측할 수 없다는 것을 숱한 경험으로 너무 잘 아는 것이다.

자신과 함께 화산 안에 있다면 참 쓸모 있게 써먹을 패가 분명하지만, 혼자 내버려 뒀다간 언제라도 감당 못 할 화근이 될 소지가 다분했다.

벌써부터 그 정체를 의심하는 이가 한둘이 아닌데 괜한 분란거리밖에 더 되겠는가.

"그럼… 약속은…?"

"약속? 무슨?"

염호가 뭔 소리냐는 표정으로 반문을 하는데 야도의 눈매가 심상치 않게 변해갔다.

파천십이결과 지천.

도마의 절기, 분명 가르쳐 주겠다고 했다.

만약 자신을 우롱한 것이라면 이 자리에서 사생결단을 내고 말겠다는 의지가 야도의 두 눈가에 스멀스멀 피어올랐다.

"아! 말해주지 않았나?"

야도가 눈썹을 일그러뜨리며 천천히 등 뒤의 도를 움켜쥐었다.

뿌드득!

어찌나 세게 쥐었는지 도를 잡는 소리까지 선명했다.

야도의 눈이 뚫어져라 염호를 향했다.

분명 스치듯 후삼식이란 것의 구결을 중얼거리기는 했다.

하지만 단지 그것뿐이었다.

그게 전부라면 완벽한 기만이 분명했다.

제대로 된 자구를 알려준 것도 아니고 초식을 시연한 것도 아니었으니 그저 자신을 우롱한 것에 지나지 않는다.

"천애고(天涯高)에 가서 사향림(蛇香林)을 찾아."

우뚝!

야도가 돌덩이처럼 굳어져 염호를 쳐다봤다.

남쪽 끝 운남에 위치한 대수림, 거기에 천애고라 불리는 단애가 있다는 것을 알고 있는 야도였다.

"빽빽한 수림 사이로 무수한 도흔이 있다. 그게 성라개옥으로 시작되는 후삼식이다. 지천은……."

우선 후삼식을 체득하고 나서라는 말을 꺼내려 했지만, 야도는 벌써 두 손을 앞으로 모아 척하니 예를 표했다.

마음이 벌써 운남 땅에 도착한 듯 땅을 박찰 준비까지 다 해 둔 상태로 야도가 입을 열었다.

"돌아오면 다시 한 번 겨뤄주시겠소?"

"뭐, 원한다면……."

'그래도 안 된다. 그때도 나한테 안 됐는데…….'

백 년 전 도마와 사향림에서 죽기 살기로 싸웠던 기억이 문득 떠오른 염호였다.

이제는 왜 싸웠는지도 가물가물할 정도로 멀고 먼 세월 전의 일.

'아! 그 요사스런 계집애 때문에… 흠흠, 그땐 다들 팔팔했으니까.'

"그럼!"

야도가 둥실 몸을 띄우더니 남쪽을 향해 휙 하니 사라져 가는 동안 염호는 잠시 떠올린 과거에서 벗어났다.

생각해 보니 참 무안하고 뻘쭘한 기억이 아닐 수 없었다.

여자 하나를 앞에 두고 힘자랑하던 사내 둘의 치기란…….

옥수마희(玉手魔姬).

나중엔 마교의 흑제와 붙어먹었다.

도마와도 그녀 때문에 싸웠다.

이제는 오직 그저 '미친년'으로만 기억되는 여인.

'따지고 보면 그때가 시작이었어. 그때가…….'

이름을 떨치고자 했던 것도, 자그마한 시비에도 참지 못했던 것도, 종국엔 천살마군이란 이름을 얻게 된 것도 모두.

확실히 시작은 분명 옥수마희와 더불어 취벽선자(翠碧仙子)란 여인 때문이었다.

물론 그것도 변명일 뿐이었다.

치기를 이기지 못한 스스로의 방종 탓일 뿐이다.

그럼에도 지난 삶 중 유일하게 좋은 기억과 추억이 있다면 오직 취벽선자란 여인 하나였다.

모든 덧없음을 깨우치고 원망도 회한도 내려놓고 또다시 오랜 세월을 살아왔지만, 다시 떠올려도 그녀와 함께했던 그 싱숭생숭한 감정들만은 또렷하고 생생했다.

'큼! 참 고왔지. 그 신비한 눈빛하며 수줍음 가득한 웃음은… 다시 만난다면… 다시… 흐흠! 이제는 해골이겠구나!'

취벽의 얼굴을 떠올리다 그 얼굴이 새하얀 백골로 겹쳐지더니 부르르 몸을 떠는 염호였다.

"저는 가지 않습니다."

야도를 보내고 난 후 연산홍의 첫 마디였다.

염호가 무슨 말을 하기도 전인데 그녀는 고집스런 눈빛으로 선을 그었다.

염호의 속내를 이미 짐작하고 있다는 듯.

"흐음……."

염호가 묘한 소리를 내뱉으며 버릇처럼 손가락으로 제 볼을 살살 긁었다.

"뭐가 그렇게 급하지?"

"……."

"뭐가 그렇게 조급해서 당장 뭘 어쩌지 않고는 못 배기는 거냐고?"

"……."

면사 위로 드러난 연산홍의 눈빛이 파르르 떨렸다.

전혀 예기치 못한 질문에 당황한 것이다.

그럼에도 정곡을 찔러오는 무언가가 쉽게 대답할 수 없게 만들었다.

　면사 아래로 간신히 그녀의 음성이 흘러나왔다.

　"나는……."

　"알지, 용천장의 주인이라며."

　"……."

　"거기가 천하제일인 것도 알지. 거기다 니 나이 또래 누구보다 강하고, 또 똑똑하고 이쁘기… 큼."

　"……."

　"그 정도면 됐잖아? 뭐가 그렇게 급해?"

　"나, 나는……."

　"이 답답아. 세상에 너 이기는 사람 한둘 있는 게 그렇게 못 견딜 일이야?"

　비수처럼 꽂히는 말에 연산홍의 드러난 눈빛이 경련이라도 하듯 떨렸다.

　마치 자신의 속내를 뒤집어 본 듯한 염호의 말이 정신을 혼미하게 만드는 느낌이었다.

　연산홍의 가뜩이나 큰 눈이 점점 더 커지며 염호를 향했다.

　이따금 나이답지 않은 생경함을 느꼈지만 지금 이 순간은 그 이상의 무언가가 느껴졌다.

　"부질없어, 다 덧없다. 그깟 허명, 덧없고 덧없을 뿐이다."

　처음 만났을 무렵 들었다면 '어디서 어린놈이 감히!' 하고 분노가 치밀었을 말이지만 이제는 전혀 다르게 느껴졌다.

　그 순간 염호가 연산홍을 외면한 채 돌아섰다.

천천히 뒷짐을 진 채 염호의 입에서 다시금 나직한 음성이
흘러나왔다.

"이름을 날렸지만 부질없었다."

"……!"

'검신의 전언?'

연산홍은 커진 눈망울이 다시 요동쳤다.

'천하제일이란 이름이 부질없었다고?'

그녀의 입장에선 도저히 납득할 수 없는 이야기였다.

검신이 지녔던 백 년 전의 천하제일, 그 이름은 얼마 전까지
부친인 연경산의 것이었다.

그리고 이제 그녀가 꿈에서라도 소원하고 지니고 싶은 이름
이 또한 바로 그 천하제일이었다.

그런데 그것이 부질없다니.

"갇혀 지낸 세월도, 깨우치고 다시 본 세상 역시 그러했다."

연이어진 염호의 허허로운 목소리.

'갇혀? 폐관 수련? 대체 무슨 말을?'

총명한 연산홍으로서도 이해가 되지 않는 말들이었다.

그때 다시 염호의 진중한 음성 한 줄기가 전해졌다.

"천하위공(天下爲公)!"

"……?"

"세상은 누구의 것도 아니다. 꿈을 좇더라도 그것이 허상이
라면 그 끝에 무엇이 있겠느냐?"

염호는 마지막까지 진심을 담았다.

천살마군으로 살았던 지난 세월의 기억과 검신 행세를 하며 느꼈던 감정, 그리고 이제 다시 염호로 살기 위해 마음먹게 된 모든 속내를 그녀 앞에 가식 없이 털어놨다.

연산홍에겐 그럴 만한 가치가 있다 여겼기 때문이다.

천하를 경영할 재목.

천하의 안녕을 지키고 있다는 용천장의 주인이 아닌가.

그 정점에 있는 그녀의 존재를 인정하기에 진심으로 그녀가 불화하고 불협하지 않기를 바랐다.

지금의 강호는 누가 봐도 태평성대다.

정점에 선 이들이 올바른 생각만 가져도 그 무탈함이 오래도록 이어질 것이니.

그때였다.

"그것이 검신 태사조께서 전한 가르침이군요."

연산홍의 목소리가 낮게 떨렸다.

"응?"

"참, 좋은 사부님이셨군요. 검신 태사조께선……."

연산홍의 눈가에 물기가 촉촉했다. 자칫 톡 건드리면 왈칵 눈물이라도 쏟을 분위기였다.

'얘가 왜? 그리고 한호 그놈이 아니라 그건 내 이야기…….'

"제 아버지께선 달랐습니다."

"……."

"강해져야 하고, 과감해야 하고, 추호의 망설임이 없어야 한다고 하셨습니다. 그것이 용천을 짊어질 제 몫이라 하셨습니다."

한 번도 들은 적 없는 감정에 촉촉이 젖어버린 연산홍의 목소리.

염호는 속으로 '끙' 소리를 낼 뿐이었다.

"우린 같은 이름을 지녔던 분들께 너무 다른 것을 배웠군요. 그래서 그런지 이제야 마음이 놓입니다."

면사 위로 보이는 그녀의 눈가에 전에 볼 수 없었던 웃음이 걸렸다.

면사 아래가 너무 궁금해 미칠 만큼 아름답고 고운 웃음이었다.

"앞으로 염 공자님이라 부를게요."

"으응?"

"연매라 부르세요. 제가 나이는 많지만 염 공자님께 마치 오라버니 같은 느낌을 받습니다."

"……!"

"앞으로도 제 부족함을 잘 이끌어주세요."

"어, 그, 그게 왜……."

점점 더 환하게 웃는 그녀의 미소를 보며 반대로 살살 더 얼굴이 일그러지는 염호였다.

본능적으로 뭔가 큰 잘못을 했다는 느낌을 지우지 못하는 염호였다.

第六章

처음 하산할 때와 달리 화음현을 벗어날 때 염호 일행은 단출하게 줄어들었다.

어깨에 커다란 도끼를 척 걸친 염호와 면사로 얼굴을 가린 연산홍, 그리고 두 사람의 뒤로 홍화순만이 쭈뼛거리며 뒤따랐다.

'대체 왜?'

앞선 염호의 등을 보며 한숨을 푹 내쉬는 홍화순, 조금 전 염호가 따로 한 말 때문에 걱정이 가시질 않았다.

"섬서 지단이 서안에 있지?"

"네?"

"흑회 말야. 흑회!"

"헉!"

"놀라긴, 우린 딱 보면 알지."

"……."

"거길 좀 들렀다 가자. 찾아야 할 놈이 있거든."

홍화순은 더욱 두려운 마음으로 염호를 쳐다볼 수밖에 없었다.

대체 검신 태사조는 어떻게 저 어린 태사조를 가르쳤기에 흑회에 대해서 마저 모르는 것이 없단 말인가?

필시 항주를 목적지로 삼은 것도 그곳에 흑회 총단이 있음을 알고 있다는 의미리라.

아직 이른 봄이라 쌀쌀한 바람이 불어옴에도 불구하고 홍화순의 얼굴로 땀방울이 절로 흘러내렸다.

딱 봐도 똥마려운 강아지 꼴을 한 홍화순은 염호의 뒤를 따르며 온갖 상념 속을 헤어날 수가 없었다.

그렇게 세 사람이 화흠현을 벗어나 섬서의 성도인 서안 쪽으로 방향을 잡았을 때였다.

앞서 걷던 염호가 발걸음을 뚝 멈추더니 고개가 홱 돌아갔다.

연이어 들려온 뇌성벽력 같은 우렁찬 목소리.

"검신의 제자가 네놈이더냐?"

멀리 화산과 화흠현의 능선 쪽에서 새하얀 빛 하나가 폭발적으로 확대되어 왔다.

"뭐야?"

염호의 얼굴이 슬쩍 일그러졌다.

그런 염호가 옆에 선 연산홍을 보더니 '오호라' 하는 표정을 지었다.

연산홍의 얼굴에 차오른 긴장감과 더불어 그녀의 온몸에 강렬한 적의가 피어오름을 느낀 것이다.

"누군데?"

염호의 목소리엔 살짝 호기심까지 더해졌다.

날아오는 경신공부만 봐도 보통이 아니란 것은 분명했다. 더구나 등장만으로 이렇게 연산홍을 긴장시킬 정도라면 범상치 않은 신분이란 것은 두 번 물어볼 필요도 없는 일.

"거, 검성……."

"오?"

연산홍은 떨리는 목소리를 내뱉었지만 염호의 입장에선 그렇게 반가울 수 없는 이름이었다.

검성이면 북검회의 수장이라고 들었다.

남도련이나 용천장과 달리 아직 확실히 매듭짓지 못한 마지막 한 곳이 바로 그 북검회였다.

'아이고 감사해라. 제 발로 다 찾아와 주네.'

염호의 얼굴에 절로 웃음꽃이 피어났다.

'마무리 확실히 해주마. 으응?'

저도 모르게 실실 웃던 염호의 고개가 갑자기 반대편으로 또다시 휙 돌아갔다.

"저건 또 뭐냐?"

검성이 날아오는 반대쪽에 또 다른 그림자가 보였다.

검성보다 더 빠른 속도.

염호의 얼굴이 와락 일그러질 수밖에 없었다.

슈— 앙—!

공기가 찢기는 소리보다 더 빨리 나타나 우뚝 멈춘 그림자.

염호는 잔뜩 찌푸려진 표정을 감추지 않았다.

'대체 이건 뭐하는 종자야?'

코를 틀어막고 싶은 엄청난 악취를 풍기는 노인이 나타난 것이다.

언제 감았는지 온통 떡이 진 머리카락.

옷은 수백 번은 덧대고 기워 입은 넝마에, 드러난 살갗 여기저기엔 시커먼 때가 덕지덕지 달라붙어 있는 모습이었다.

한 삼십 년은 안 씻은 것 같은 악취까지 동반한 거지 노인.

"켈켈켈켈! 오랜만에 뛰었더니 숨이 꼴딱꼴딱하는구먼."

거지 노인이 바짓단이 있는 넝마 한쪽을 휙 젖혔다.

하고 있는 꼴과는 어울리지 않는 고급스러운 비취색 호리병이 보였다.

콸콸콸콸!

번쩍 치켜든 호리병의 술을 입도 대지 않고 목구멍으로 털
어내는 노인을 보곤 연산홍이 깜짝 놀라 얼굴로 속닥였다.

"취개(醉丐)!"

"……?"

"개방의 취개… 아니, 지금은 취성(醉聖)이라 불리시는 무림
의 대선배님이십니다."

연산홍이 깍듯이 예를 차려 소개했지만 염호의 일그러진 표
정은 풀릴 줄 몰랐다.

'하아~! 아무리 개방이라도 정도가 있어야지! 어린놈의 새
퀴가, 아주 겉멋만 잔뜩 들어가지고.'

염호가 내심으로 혀를 찼다.

취성이란 별호는 염호도 분명 들어봤다.

그래 봐야 자신이 한창 날고 길 때 태어나지도 않았던 존재
다.

요 근래엔 죽었는지 살았는지 코빼기도 비치지 않는다 했으
니 별 관심이 생길 이유가 없는 이름이었다.

물론 이제 눈앞에 딱 나타났으니 관심이 가지 않을 수가 없
었고.

"클클클클, 좋구나. 좋아!"

호리병을 말끔히 비워낸 취성이 해죽거렸다.

시커먼 때로 가득한 얼굴 사이로 순식간에 빨갛게 달아오른
콧등. 아무리 봐도 영락없는 주정뱅이에 비렁뱅이었다.

앞니 하나는 또 어디서 털렸는지 텅 비어 있는 모습까지, 어딜 봐서도 별호에 성(聖)자가 붙은 인물로 여기기 힘든 몰골이었다.

"크캘캘캘캘! 꼬맹이 때 한 번 봤는데, 고것이 아주 잘 컸구나."

앞니 빠진 모습으로 헤벌쭉 웃는 취성. 그사이 날아오던 또 다른 그림자 검성이 허공에서 멈춰 섰다.

길옆으로 높게 자란 전나무의 가지 끝에 발을 살짝 걸친 검성, 그는 이제 연산홍과 염호는 안중에도 두지 않고 부리부리한 눈으로 취성만을 노려봤다.

마치 눈에서 불길이 뿜어질 것 같은 얼굴의 검성.

"캘캘캘! 오랜만일세!"

죽마고우라도 만난 것처럼 반가워하는 취성의 목소리였다.

하지만 검성의 대꾸는 얼음장처럼 차가웠다.

"거지가 여기까지 무슨 일인고?"

순백의 옷을 입고 옥잠으로 머리카락 한 올 삐져나온 것 없이 깔끔하게 정리된 검성.

가늘게 뻗은 나뭇가지 위에 새처럼 가볍게 선 그 모습이 바람이 불 때마다 조금씩 흔들렸다.

세상에 신선이 내려왔다 하면 딱 어울릴 법한 풍모였다.

하지만 검성은 거지 노인과 마주 본다는 것조차 싫은 표정을 역력히 드러냈다.

그러다 갑자기 인상을 와락 찡그리며 고개를 치켜들었다.

반면 취성은 그런 검성을 보고 다시 한 번 앞니가 환히 보일 정도로 히죽 웃었고.

아— 미— 타— 불!

허공 어딘가에서 들려온 소리였다.

염호의 눈이 부릅떠지고 얼굴 전체가 돌덩이처럼 굳어진 것도 바로 그 순간이었다.

검성이나 취성을 볼 때는 전혀 동요하지 않던 염호가 격한 반응을 보인 것이다.

'무량혜음(無量慧音)!'

소림의 무공이다.

칠십 가지가 넘는다는 그 소림사의 상승절학 중 따로 범창삼도(範唱三音)라 불리는 음공 중 하나가 바로 무량혜음이다.

불문사자후, 혜광심어, 무량혜음.

그중에서도 무량혜음이야말로 불문 무학의 정화라 할 수 있는 지고한 절학이었다.

염호는 등줄기가 싸하게 식어가는 것을 지우지 못했다.

'옛날이라면 한 방에 골로 갔겠네!'

마공과는 그야말로 상극에 상극이라 할 수 있는 것이 불가의 무공이다.

만약 천살마공의 잔재가 조금이라도 남아 있었다면 벌써 목구멍에서 피를 토했을 것이다.

'으이그! 하여튼 중놈들은 그냥 싫어!'

지금이야 별 영향이 없다지만 그래도 마음속 본능이 강력하게 거부했다. 소림사의 승려는 생각만으로 인상을 찌푸리게 만드는 존재인 것이다.

그 순간 일그러졌던 염호의 눈매가 다시 한 번 크게 흔들렸다.

'얼씨구? 부동보(不動步)까지?'

불호가 이어진 후 까마득히 먼 곳에 있던 희끗한 그림자가 촛불처럼 꺼지더니 순식간에 취성 옆에 나타난 것이다.

소림사 최고, 아니, 강호상에 존재하는 모든 보법, 신법, 경신법 중에 으뜸으로 꼽히는 절학 금강부동신법이었다.

움직이지 않는 가운데 일만 가지 변화가 있다는 희대의 보법이자 경신 공부인 소림사의 무상절기.

'물론 내 극심표(極甚剽)가 더 빠르… 흠, 모르겠다. 이 땡중은……'

염호가 삐딱한 시선으로 뒤늦게 나타난 불성을 아래위로 훑었다.

검성이니 취성이니 하는 것들은 한눈에 딱 답이 나왔다.

하지만 불성만은 솔직히 모르겠다는 느낌이었다.

고요함 속에 충만함이 있으나 결코 밖으로 드러나지 않았다.

허름한 잿빛 승포와 목에 건 낡은 염주, 반들반들한 머리통에 새겨진 여섯 개의 계인을 두루두루 살피면서 차츰 염호의 눈빛이 살벌한 기광으로 물들어갔다.

검신의 이름으로 다시 세상에 나온 뒤 반로환동까지 한 지금.

가슴속에서 열꽃이 피는 느낌이었다.

그 뜨거움의 정체가 무엇인지 스스로 너무 잘 아는 염호는 외려 허탈함마저 느꼈다.

'호승심이라? 참 나도 헛살았다, 헛살았어.'

염호가 혼자 살짝 정신 줄을 놓은 놈처럼 고개를 저었다.

'이기면 뭐 한다고!'

염호가 불성이니 취성이니 검성이니 하는 이들을 싹 무시한 채 연산홍을 봤다.

'이것들이 여긴 왜 왔냐?' 하는 눈빛.

연산홍이 조심스럽게 나섰다.

"용천의 연산홍이 두 분 사조님을 뵙습니다."

연산홍이 취성과 불성을 향해 더없이 공손한 태도로 예를 올리자 염호의 눈썹이 대번에 일그러졌다.

대체 '이건 또 뭔 관계야' 하는 눈빛.

한천 연경산이 취성과 불성이 합심하여 키워낸 제자이며 그들의 무학이 지금의 연산홍에게 이어졌다는 것을 염호가 알 수는 없는 일.

하지만 당사자인 연산홍도 당황스럽기는 마찬가지인 상황이었다.

불성은 이제껏 얼굴도 단 한 번 본 적이 없으며, 그나마 취성 역시 어린 시절 아비의 손에 붙들려 인사 한 번 한 게 고작인 관계였다.

부친으로부터 사승이 이어졌으니 사조라 부르는 입장이지, 정작 부친의 실종 이후에도 얼굴 한 번 세상에 내비치지 않은 두 사람이 바로 불성과 취성이었다.

그런 두 사람이, 공교롭게도 한데 묶여 중원삼성이라 불리는 북검회의 검성과 함께 이곳에 나타난 것이다.

더군다나 용천장도 아니고 화산에 말이다.

'그럼 내가 아니라?'

연산홍이 살짝 굳은 눈매로 취성과 불성을 보니 둘의 시선이 오직 염호에게로만 향해 있는 것이 느껴졌다.

취성이야 여전히 누렇게 뜬 이빨을 히죽거리고 있었지만 불성은 달랐다.

염호를 뚫어져라 쳐다보는 눈빛이 너무나 고요하고 깊었고, 내내 눈을 피하던 염호도 결국 그 시선을 똑바로 마주하기 시작했다.

파지직!

순간 보이지 않는 작은 번개가 두 사람 사이로 떨어져 내린 느낌이었다.

'이 땡중이 어디서 눈알에 힘을!'

염호의 눈썹이 씰룩거렸다.

불성을 잡아먹을 듯이 노려보는 염호, 마찬가지로 불성 역시 눈 한 번 깜빡이지 않고 염호를 정면으로 응시했다.

기세가 충동하거나 얽힌 것은 아니었다.

그럼에도 그저 쳐다보고만 있는 두 사람 사이에 감히 끼어들 엄두가 나지 않을 정도로 기이한 압박감이 풍겼다.

실로 기묘한 대치였다.

취성이나 연산홍 정도 되는 무인들이니 두 사람 간의 보이지 않는 힘겨루기를 느낄 수 있는 것이다.

그 상황을 타파한 것은 검성이었다.

처음 기세등등하게 나타날 때와 달리 꿔다놓은 보릿자루 신세가 된 검성.

"두 퇴물이 무슨 바람으로 여기 왔을꼬."

여전히 바람을 타듯 나뭇가지 위에 서 있는 검성. 하지만 그는 담담한 기색을 유지하려 용쓰는 것이 역력히 보였다.

취성을 볼 때와는 또 다른 위축감, 아니면 불성을 향한 극도의 경계심 같은 것이 느껴졌다.

불성이 그런 검성을 향해 반장의 예를 취했다.

"욕심 한 자락 버리면 세상이 모두 정토일 것을. 아미타불!"

꿈틀!

이제껏 평온함을 유지하던 검성의 은회색 눈썹이 한 차례 씰룩였다.

"흥! 절간에 처박힌 퇴물 주제에……."

삽시간에 흥분한 검성이 주변을 살피더니 황급히 말문을 닫아버렸다.

"크켈켈켈! 네놈이 문제야, 네놈이. 우리가 제자까지 들인

게 다 네놈 때문이지. 그 시커먼 속으로 강호를 집어삼킬까 봐 겁이 나서 말이야."

취성의 술주정 같은 목소리, 검성의 눈썹이 역팔자로 치켜 올라갔다.

"이놈!"

화아— 악!

일갈과 함께 검성의 옷자락이 한 차례 거세게 펄럭이더니 보이지 않는 무언가가 전방으로 뿜어졌다.

"헙!"

화들짝 놀란 취성의 그림자가 순식간에 서른여섯 개로 흩어 졌다가 하나로 합해져 불성 뒤로 숨어버렸다.

"친구야! 저놈이 날 잡는다. 아이고, 무서워!"

취리건곤보라는 극상의 보법을 펼치고도 불성 뒤에서 엄살 을 떨며 죽는시늉을 하는 취성. 때를 맞춰 불성이 한 발 앞으 로 나가며 검성을 바라봤다.

"엽 시주! 이만 화를 내려놓으시지요."

검성의 미간이 점점 더 좁아지며 치켜 올라갔던 은회색 눈 썹이 파르르 떨렸다.

가볍게 올라 서 있던 나뭇가지가 그제야 검성의 무게를 느 낀 듯 아래쪽으로 크게 휘어지기 시작했다.

때를 같이해 검성 엽무백의 전신에선 이제껏 드러내지 않았 던 미증유의 기운이 치솟았다.

그럼에도 불성의 모습은 조금도 달라지지 않았다.

"아미타불! 노납의 걸음이 이곳까지 이어진 것은 시급한 전언 때문이외다."

검성의 살벌하던 기세가 한풀 꺾였다.

불성과 취성을 노려보는 검성의 눈동자가 흔들렸다.

한평생 사사건건 자신의 앞길을 막아온 두 사람이지만 그만큼 엉덩이가 무거운 종자들임을 잘 아는 탓이다.

수십 년 세월 코빼기도 비치지 않은 두 사람, 그러고 보니 둘이 이곳에 나타난 이유를 듣지 않을 수가 없었다.

그런 마음이면서도 적의 가득한 눈길만은 변함이 없어, 머리를 긁적이는 취성이 그 눈길을 피하며 딴청을 피웠다.

"크켈켈켈! 욱하는 성격은 여전해. 그러니 주변에 옳은 사람이 없지… 이큭!"

검성이 또다시 와락 인상을 찌푸리자 움찔 몸을 움츠린 취성이 얼른 손사래를 쳤다.

"아니다, 아니야. 다 반가워 그런 게지. 반가워서……. 그나저나 참, 큰일이 났지 뭐냐……."

취성이 검성을 향해 말끝을 흐리다 고개를 돌려 연산홍을 쳐다봤다.

셋의 대치 와중에도 별다른 동요가 없던 연산홍의 눈빛이 크게 흔들렸다.

조금 전 경박스럽던 몸짓과 말투는 어디로 갔는지 순식간에 취성의 분위기가 완전히 달라져 버린 것이다.

"어쩌자고 그리 경솔히 행동한 것이냐?"

"......."

"멸사호군을 죄다 불러들이다니……."

"......!"

"그 서 총관이란 놈, 꼴통을 부숴놓으려다 이리 온 게야."

"무슨……?"

입을 여는 연산홍의 얼굴빛이 급속도로 창백해지는 것이 보였다.

이제껏 찌푸리고 있던 검성의 표정 역시 대번에 무언가를 떠올리며 아득해지는 것이 보였다.

비교적 담담한 표정의 불성 역시 슬쩍 눈을 감으며 '아미타불'을 읊조리는 것을 본 염호가 단번에 분위기를 때려 맞췄다.

무슨 내용인지는 모르지만 결코 가볍지 않은 사달이 났다는 것을 말이다.

"이것아! 비환영과 혼문영, 백번영까지 자릴 비웠으니 사파 놈들이 가만히 있겠느냐?"

"......!"

"유령곡과 혈총이 선을 넘었다. 유사가 수하들과 청해를 침탈했고 사효귀 그놈은 아예 사천 땅을 본거지로 만들 참이야."

꽈득!

연산홍이 두 주먹을 다급하게 말아 쥐었다.

새외로 밀려났던 사파가 중원으로 넘어와 똬리를 틀기 시작했다는 말.

연산홍은 당장에라도 달려나갈 듯한 얼굴이었다.

"아미타불! 그것이 전부가 아닐지니……."

침중한 분위기 가운데 나직하게 흘러나온 불성의 음성에 연산홍의 검미가 바짝 올라갔다.

사파의 준동이 다가 아니라니.

그보다 더한 일이 무엇이라고.

"사파도 사파지만 이상한 소식이 계속 전해지고 있어."

"……."

"……."

시커먼 얼굴이 딱딱하게 굳은 취성의 음성이 계속되었다.

"천산, 그곳에서 괴이한 일들이 목격된다고……."

천산이란 말이 나오자 연산홍은 고개를 갸웃했지만 이제껏 '이것들이 뭐 하나?' 하는 표정만 짓고 있던 염호가 오히려 번쩍 눈을 치켜떴다.

"마교?"

염호의 툭 튀어나온 음성에 입을 뗀 취성뿐 아니라 다른 이들 모두가 당혹해하는 표정이었다.

느닷없이 마교라니.

백 년도 넘는 세월 동안 그 흔적마저 나타나지 않아 이제는 완전히 사라졌다는 것이 통설이 되어버린 것이 바로 마교였다.

언급하는 것만으로도 두려운 존재.

그것이 마교다.

'왜들 그래? 천산이면 십만대산이고 거기면 마교지. 당연한

거 아냐?'

염호니까 할 수 있는 생각이었다.

염호가 살던 시대에는 너무나 당연한 일. 천산 쪽을 향해선 오줌도 싸지 않는다는 말이 나돌 정도로 두려움과 미지의 공포로 가득한 곳이 바로 마교였다.

"아미타불! 역시 검신께서 전언을 남기셨던 게로구려. 선재, 선재! 이런 홍복이 또 있을까."

너무나 크게 안도하며 연신 불호를 읊조리는 불성을 보며 염호의 낯빛이 묘하게 일그러졌다.

'뭐라는 거야?'

"역시! 자네의 추측이 맞았네. 백 년의 은거를 깨고 나온 선대의 검신께서 제자를 내보낸 것에는 큰 이유가 있을 것이라더니……."

취성마저 크게 한 시름 놓았고 또 탄복했다는 얼굴로 염호를 바라봤다.

'얌마! 니들 왜 그래?'

염호의 입장에선 황당할 수밖에 없는 일.

뭔가 한쪽으로 이상하게 상황이 몰려지는 분위기를 단숨에 깨뜨려야만 한다는 생각이었다.

사파는 그렇다 치고 마교라니.

그 지긋지긋한 것들을 두 번 다시 상종하고 싶지 않은 것이 당연한 마음이었다.

겪어봤기 때문에 더 잘 아는 일, 염호의 머리가 빠르게 굴러

가기 시작했다.

'나를 대체 어디다 엮으려고!'

그때였다.

"염 공자님!"

"응?"

"저를 비롯한 용천장은 염 공자를 따르겠습니다."

"어?"

"지금처럼 저를 이끌어주시고 또 가르침을 내려주세요."

'야! 왜? 왜? 나한테…….'

＊　　　＊　　　＊

황토색 먼지가 가득 눌어붙은 웅장한 성벽 위로 태양 빛이 뜨거웠다.

막 겨울의 문턱을 벗어난 중원과 달리 서역으로의 관문인 옥문관 장성은 타클라마칸 사막으로부터 불어오는 열사의 바람이 쉬지 않고 이어져 계절의 변화마저 느끼기 힘든 곳이었다.

후덥지근한 모래바람이 계속 불어오는 가운데 우뚝 솟은 성벽 위로는 북로군 병사들이 길게 늘어서 있었다.

긴장한 눈으로 장성 너머 흑갈색 대지를 예의 주시하는 모습들.

"심상치 않은 소문은 들었겠지? 정신 바짝 차리거라."

병사들 사이를 왔다 갔다 하는 장수의 명령에 창병들은 더욱 힘껏 창을 움켜쥐었고, 궁병들은 활을 시위에 건 채 날카로운 눈으로 전방을 주시했다.

맹호에 버금간다는 북로군 병사들의 군기와 절도가 그 모습만으로도 충분히 드러나는 듯했다.

병사들 사이로 긴장감이 더해졌지만 장수는 그들을 더욱 독려했다.

"곧 이곳에 폐쇄령이 내려진다. 순찰을 나간 병사들은 소식불명이고 위에선 벌써 죽었다고 판단하는 눈치다."

꿀꺽!

긴장한 병사들 여기저기서 침 삼키는 소리가 들려왔다.

"역병 이야기도 있다. 천산으로부터 탑리목, 돈황까지 역병이 창궐해 살아남은 이가 없다는 이야기다. 뭐가 되었든 긴장을 늦추지 말고 누구도 접근시켜선 안 될 것이다."

불호령 같은 장수의 명령에 병사들의 눈길이 파르르 떨리기 시작했다.

적군이라면 싸우면 그뿐이다.

하지만 역병은 완전 다른 이야기였다.

가뭄이나 홍수보다 몇 배나 무서운 대재앙.

한 번 창궐했다 하면 적게는 수천에서 많게는 수십만의 생목숨을 순식간에 쓸어가 버리는 것이 바로 역병이란 놈이었다.

그 두려움을 모르는 병사가 없기에 눈에 불을 켜고 전방을 주시할 수밖에 없었다.

만일 역병이 옥문관을 넘었다는 이야기가 조정에 전해지기라도 한다면 근처에 있다는 것만으로도 자신들은 물론 가족들까지 산 채로 불태워질 수도 있는 일이었다.

그만큼 역병에 대한 대처는 단호하고 또 두려운 것일 수밖에 없었다.

그때였다.

"문 좀 열어주세유~"

성벽 위 병사들을 독려하던 장수가 인상을 잔뜩 찌푸리며 뒤돌아섰다.

"문 좀 열어주세유, 나리~!"

엄청나게 커다란 덩치의 사내가 성벽 아래 있었다. 등에는 제 덩치만큼 큰 망태기를 짊어진 채 바보처럼 웃으며 손을 흔들고 있는 덩치.

그런데 그 행색이 영락없는 비렁뱅이라 장수의 얼굴이 더욱 일그러졌다.

"이놈! 썩 꺼져라. 지금이 어느 땐데!"

장수가 목소리를 빽 높였다.

아무 일이 없는 시절이라도 거지 놈 따위를 장성 안팎으로 오가게 두지 않는 곳이 옥문관이다.

국경의 관문을 통과하려면 그만큼 엄격한 신분확인 절차를 거치는 것이 당연한 일. 호패나 노인(路引:여행 증서) 없이 관외로 나가려는 자들이 십중팔구 죄를 짓고 도망치려는 자임을 잘 알기 때문이었다.

상황만 다급하지 않다면 당장 거지 놈을 잡아다 물고를 낼 일.

그런데도 덩치 큰 거지는 어딘지 좀 모자라 보이는 표정을 지우지 못하고 머리를 긁적였다.

"지가 꼭 나가야 되는데유!"

"뭐? 이, 이놈이! 여봐라, 당장 저놈을……."

장수가 분노를 참지 못하고 수하들에게 명을 내리려는 그때였다.

"하이고~! 할 수 없구먼유!"

파팟!

갑자기 땅바닥을 박찬 덩치가 성벽을 다다닥 타오르더니 훌쩍 몸을 띄워 성벽 위로 쿵 하고 떨어져 내렸다.

둔해 보이는 덩치로 믿을 수 없을 만큼 날렵하고 놀라운 움직임을 보인 것이다.

대경실색한 장수와 병사들이 일제히 거지를 향해 창과 활을 겨눴다.

막상 눈앞에서 보니 내려다볼 때보다 몇 배는 더 큰 위압감을 주는 몸집이었다.

다만 그 얼굴이 무척이나 순박해 보여 덩치가 주는 살벌한 분위기를 상쇄시킨다는 것뿐.

"나, 나쁜 사람 아니유~! 진짜, 나도 가고 싶어서 가는 건 아니에유. 할배가 시켜서 가는 거지."

"이, 이놈! 순순히 포박을⋯⋯!"

"죄송! 할배가 더 무서워유~!"

쿠쿵!

커다란 덩치의 거지가 그대로 지면을 박차고 장성 밖을 향해 날아오르자 궁수들의 활이 일제히 방향을 틀었다.

슈슈슈슈슛!

거침없이 발사되는 수십 발의 화살.

북로군의 정예답게 대부분의 화살이 바닥에 막 착지하려는 덩치를 꿰뚫을 듯 쏟아져 내렸다.

"힉! 사⋯ 사형!"

깜짝 놀란 덩치가 비 오듯 쏟아지는 화살을 보고 소리치자 등 뒤의 망태기가 갑자기 들썩였다.

불쑥 튀어나온 새하얀 손과 팔뚝!

휘리리릭!

차자자작!

내려꽂힌 화살들을 허공에서 차곡차곡 붙잡아 버린 손이 망태기 안으로 다시 쏙 들어가 버렸다.

"다 왔냐?"

"성문 지나고 하루 더 달려야 돈황이라면서유?"

"으응! 도착함 깨워라. 하아암~!"

"알겠어유, 사형!"

덩치가 달리기 시작했다.

쿵쿵!

쿠쿠쿠쿵!

처음 무겁게 내달리던 걸음이 나중에 발이 보이지 않을 만큼 빨라져 자욱한 먼지바람만을 남겼다.

"추, 추격할까요?"

성벽 위 병사가 장수를 보고 소리쳤지만 장수가 오히려 고개를 설레설레 저었다.

"무림인들이다. 필시 장성 밖을 조사하기 위해 왔을 터. 그만둬라."

*　　*　　*

"예엣?"

"뭐가?"

"조금 전 옥문관 쪽으로 가신다고 하시지 않았습니까?"

홍화순이 고개를 갸웃거리며 묻자 염호가 손을 휘휘 저었다.

"거길 왜?"

"……."

홍화순은 황당한 표정이었다.

자그마치 검성, 취성, 불성이라 불리는 중원삼성과 함께한 자리에서 한 약속이었다.

용천장의 장주 연산홍까지 포함된 상황.

"저는 수하들을 추린 뒤 곧바로 옥문으로 향하겠습니다. 그곳에서 뵙겠습니다, 염 공자님."

"그래~! 잘 가~!"

"그럼 자네를 믿겠네."

"아미타불! 염 시주의 앞날에 부처님의 가호가 함께하기를……."

"마교와 사파의 준동이라면 북검회와 화산의 일은 뒤로 미루도록 하지. 강호의 안녕이 우선이니까."

"네, 네~"

분명 조금 전 그 엄청난 인간들과 헤어질 때 나눈 대화들이었다.

'미쳤나? 자고로 마교 놈들이랑은 상종을 말아야 해! 상종을!'

염호는 절대로 얽히고 싶은 마음이 없었다.

"내가 다 알아서 하니까 신경 꺼라."

"……."

"너는 흑회 애들한테나 안내해."

"……."

"잔머리 굴리지 말고."

홍화순은 움찔 어깨를 떨더니 힘없이 걸음을 옮겼다.

도무지 이 어린 태사조가 무슨 생각으로 움직이는지 짐작도 할 수가 없었다.

용천장이나 중원삼성을 발바닥의 때처럼 여기는 것도 마냥 신기하고 기가 막힐 노릇이지만, 어떻게 이 상황에 자기 할 일만 하겠다고 나올 수가 있는지 이해가 되지 않았다.

자그마치 사파와 마교의 일.

그럼에도 감히 되묻기가 쉽지 않았다. 괜히 입을 놀렸다가 무슨 일을 당할지 모른다는 생각 때문이었다.

홍화순이 앞서 걷다가 몇 번이나 깊은 한숨을 내쉬었다.

"저, 태사조님……."

그래도 도저히 그냥 넘길 수가 없었다.

"왜?"

"마, 마교가 나타났다는데… 정말 이래도 괜찮은 겁니까 요?"

홍화순 역시 온갖 전설로 전해지는 마교의 무시무시함과 두려움에 대해 수없이 들은 기억이 있었다.

오죽했으면 살았는지 죽었는지 소문만 무성하던 불성과 취성까지 뛰쳐나왔겠는가.

"걔네들이 무슨 삼두육비(三頭六鼻)의 괴물인 줄 아냐?"

"……?"

"걔들은 그냥……."

염호가 까마득한 오래전의 일을 떠올렸다.

빌어먹을 계집 하나 때문에 십만대산까지 찾아갔다 흑제와 한바탕 드잡이를 했던 기억. 유쾌한 이야기는 절대 아니었다.

그리고 거기서 본 마교는 참…….

마신(魔神)이란 걸 섬기며 온갖 이상하고 기괴하고 사악한 짓을 벌이던, 그냥 완전한 또라이들이었다.

'미친놈들! 마신 같은 게 대체 어디 있다고……'

"…광신도(狂信徒)일 뿐이야. 따지고 보면 걔들도 불쌍한 애들이지."

염호의 나직하게 혀를 차는 말에 홍화순은 고개를 갸웃거렸다.

"꼭 보신 것처럼 말씀을……"

"……"

"……"

"쑵! 빨리 길이나 안내해."

"저 그런데 말입니다… 흑회에선 누굴 찾으시려고?"

"있어. 배은망덕한 놈이 하나."

"네?"

"나한테 평생 충성하기로 한 놈이 하나 있거든."

염호가 입가에 히죽 미소를 짓는데 그 모습이 어쩐지 섬뜩하게 느껴지는 홍화순이었다.

"에취~!"

산해진미 가득한 상을 앞에 두고 음식을 게걸스럽게 먹고 있던 염소수염의 사내가 갑작스레 크게 기침을 했다.

"흐흠! 갑자기 왜 이렇게 몸이 추운 거야! 이놈들아! 방에 불 넣어!"

순간 천장에서 뚝 하니 사람 그림자가 떨어져 내리더니 고개를 갸웃거렸다.

전설적인 자객집단 사망림 안이었다.

그중에서도 사망림주라 불리는 모든 자객의 정점 무음살왕 육조씩이나 되는 이가 춥다고 불을 넣으라는 것이다.

"얼른, 춥다고!"

육조가 소리치자 바닥에 떨어진 수하가 부리나케 밖으로 나갔다.

손에 들고 있던 고깃덩이를 짜증 가득한 눈으로 바라보던 육조가 툭 하니 음식을 집어 던졌다.

손톱으로 잇새를 쑤시며 잔뜩 마땅찮은 표정을 짓는 육조.

"쯧! 요새 꿈자리가 왜 이래."

심각한 표정으로 한마디를 하더니 이내 저 혼자 고개를 미친 듯이 저었다.

"아서라, 아서! 몸이 허해져서 그래. 그냥 기분 탓일 거야……."

第七章

쿵쿵! 쿠쿠쿠쿵!

긴 먼지구름을 일으키며 황토색 벌판을 내달리던 덩치의 발걸음 소리가 천천히 줄어들었다.

흐릿하게 떠오른 반달과 쏟아져 내리는 별빛들, 그 아래 협곡 사이로 거대한 도시의 모습이 보였다.

"사, 사형! 여기가 돈황이에유?"

"벌써 다 왔어? 으아하함!"

망태기 안에서 늘어지는 하품 소리가 들려왔지만 커다란 덩치의 사내는 우뚝 멈춰서 움직일 줄을 몰랐다.

"사형! 근데 말이에유."

"왜?"

"이렇게 큰 도시에 왜 사람이 하나도 없대유?"

"······?"

"진짜에유. 산 사람이 없어유. 하나도유······."

"······."

"근데 죽은 사람들은 어찌 저리 따박따박 잘 걸어 다닌대
유?"

그 순간 망태기가 들썩이더니 덩치의 몸이 휙 하니 돌아갔
다.

언덕 아래쪽을 내려다보던 덩치 대신 망태가 그쪽을 차지했
다.

뽁! 뽁!

바짝 세운 손가락 두 개가 망태기 안쪽에서 튀어나왔다.

뚫린 구멍으로 두 개의 눈동자가 끔뻑이며 언덕 아래쪽을
향했다.

"사··· 사형?"

덩치가 놀라 더듬거렸지만 망태기 안쪽에서 흘러나온 목소
리는 이전까지의 무료함은 싹 사라진 느낌이었다.

"조용!"

끔뻑거리는 눈동자가 점점 커지며 불빛 한 점 없는 황량한
도시에 고정된 채 시간이 흘렀다.

망태기를 멘 덩치는 고개를 갸웃거리다 처음엔 발을 동동
구르기도 하고 고개를 들어 쏟아져 내릴 것 같은 별빛을 바라
보기도 했다.

"근데 사형. 밥 안 먹어유?"

"사태 파악이 안 되냐? 가만히 좀 있어. 정신 사납다."

망태기 안에서 날 선 음성이 들려오자 덩치 사내의 얼굴이 잔뜩 풀이 죽어버렸다.

"배고픈디……."

"조용."

"하루 종일 달리기만 했는디……."

"알았다, 알았어."

그 순간 망태기가 들썩하더니 시커먼 무언가가 툭 튀어나와 덩치의 뒷머리를 넘어 앞쪽으로 떨어져 내렸다.

탁!

덩치가 잽싸게 낚아채더니 손에 들린 작은 고깃덩이를 입가에 가져다 댔다.

"까마귀 고기는 찔긴디……. 지는 토끼 고기가……."

"광치야, 사형 화 날라고 한다."

"흡! 아, 아녀유. 일 보세유."

덩치가 시커멓게 그을린 고깃덩이를 한입에 쏙 집어넣더니 우물우물 씹어 삼키기 시작했다.

그때부터 잠시 침묵이 이어졌다.

"광치!"

"왜유, 사형?"

"죽은 사람이 어쨌다고?"

한참 만에 망태기 안에서 흘러나온 목소리엔 의문과 더불어 약간의 짜증이 묻어났다.

광치라 불린 커다란 덩치의 사내가 휙 하니 돌아서더니 다시 언덕 아래쪽 도시를 바라봤다.

"어라? 그새 다 어디로 갔대유? 분명 아까는 막 싸돌아당겼는데……."

"지금 장난하냐?"

광치는 머리를 긁적거렸고 망태기 안쪽에선 '에휴' 하는 한숨 소리가 흘러나왔다.

그때 갑자기 광치가 고개를 휙 돌렸다.

"사형! 저, 저기유!"

광치가 지평선 끝 쪽을 가리키며 말을 더듬자 등 뒤의 망태기가 또 한 번 휙 돌았다.

망태기 뚫린 구멍 사이로 드러난 눈동자가 일순간 튀어나올 것처럼 커졌다.

그림자 하나가 비척비척 걸어가는 것이 보였다.

비척거리던 그림자가 한 걸음을 옮기자 순식간에 셋으로 늘어났다.

"뭐? 뭐야?"

그 그림자들이 한 걸음을 더 하자 셋이 곧바로 아홉으로 불었다.

흐느적흐느적 걷는 것 같은데 마치 없어졌다 나타나는 것처럼 이동하는 그림자는 몇 걸음 만에 수십 개로 불어나더니 지평선 끝자락 너머로 쉭 사라져 버렸다.

"히히, 제 말이 맞지유?"

등을 지고 선 광치가 신이 난 듯 해죽거리자 망태기 안에서 욕설이 터져 나왔다.

"젠장! 저기 옥문관 쪽이지?"

"야~ 지가 그 쪽에서 왔구만유."

그 대답과 동시에 망태기가 요란하게 들썩거리기 시작했다.

와장창창!

"어딨냐! 어딨어?"

대체 뭔 일이 있는지 온갖 요란한 쇳소리가 나더니 시커먼 것들이 하나씩 망태기 밖으로 튀어나왔다.

옥문관 병사들이 쏜 화살부터 먹다 남은 음식덩이, 용도를 알 수 없는 각종 쇳덩이와 보따리에 술병들까지 밖으로 쉭쉭 내던져졌다.

"요놈! 여기 있었네."

망태기 밖으로 손이 불쑥 튀어나왔다.

여인의 그것처럼 길고 하얀 손.

그 손에 모가지가 붙들린 것은 병든 닭 새끼 마냥 눈이 퀭한 매 한 마리였다.

파다닥!

끼악! 끽! 끽!

모가지가 붙잡힌 매는 눈도 뜨지 않은 채 귀찮다는 듯 소리 만 질렀다.

순간 손 하나가 더 불쑥 튀어나오더니 매의 얼굴에 두 차례 싸다구를 날렸다.

"취웅! 술 깨라. 얼른!'

타탁! 탁!

좌우로 후르르 고개를 털며 눈을 뜨는 매.

빙글빙글 돌던 눈빛이 어느새 맹금의 제왕처럼 사납게 변해 갔다.

끼이익!

매가 부리를 한껏 벌리며 사납게 울자 정색한 목소리가 들려왔다.

"기런 할배 알지?'

끼익!

"거기 들렀다 사부한테 가."

끼룩?

매가 망태기 안을 보며 고개를 갸웃하자 안쪽에서 옷자락 찢기는 소리가 들려왔다.

옥문. 급(急)

매의 발목에 묶인 천 쪼가리에 쓰인 글자였다.

새하얀 손이 집어 던지듯 매를 날렸다.

끼아아악!

매의 입에서 자지러지는 울음소리가 터지자 망태기 안에서 버럭 하는 소리가 터져 나왔다.

"딴 데로 새면 털을 홀랑 뽑아버린다."

끼ㅡ 이ㅡ 익!

취응이라 불린 매는 창공을 찢어발길 듯한 울음을 한 차례 더 토한 뒤 순식간에 점이 되어 어둠 속으로 사라져갔다.

"휴～!"

망태기 안에서 긴 한숨이 흘러나오자 멀뚱멀뚱 서 있던 덩치가 고개를 갸웃거렸다.

"사형! 뭔 일이래유? 기련산 할부지 엄청 싫어하잖아유?"

"그러니까 보낸 거다."

"야?"

"고생 좀 하라고."

"……?"

"맨날 산속에 처박혀 있음 뭐해? 이럴 때 좋은 일도 하고 그러는 거지."

"그래도……?"

"걱정 마. 기련노조(祁蓮老祖), 그 양반 엄청 세다. 땡중 할배만큼."

"와아!"

입이 쩍 벌어진 덩치. 그러다 다시 한 번 고개를 갸웃했다.

"근디, 우린 안 가봐유?"

"우리야 노인네들 대신 조사차 나온 거다. 별일이야 있겠냐?"

＊　　　＊　　　＊

꽈당탕!

"뭐야?"

침상에 누워 잠을 이루지 못하고 뒤척이던 육조가 벌떡 일으키며 소리쳤다.

"급보입니다, 림주!"

복면을 쓴 수하 하나가 반쯤 열리다가 만 문 안으로 고개를 불쑥 들이밀었다.

"뭐, 뭔데?"

"흑회 쪽 애들이 저희를 훑고 있답니다."

"응?"

육조가 고개를 갸웃했다.

뭔 일이라도 났나 하고 가슴이 철렁 내려앉았다가 흑회란 말을 듣자 고개가 삐딱하게 기울었다.

무음살왕이란 별호에 자객들의 왕이라고 이름을 떨쳐온 육조였지만 임무 하나, 사람 하나 잘못 만나 새가슴이 되어버린 것이다.

그렇다고 해도 흑회 정도에 벌벌 떨 이유는 전혀 없었다.

흑회는 통칭 밤 무림이라 불리는 가장 밑바닥 무림 세계를 말한다.

소위 이름 좀 있다는 문파에게는 무림인 취급도 못 받는 존재들. 하지만 사망림도 따지고 보면 어둠의 영역에 속하는 자객 집단이다.

이해관계가 겹칠 때는 필요에 따라 상부상조하기도 하는 곳이 흑회였다.

특히 흑회엔 짭짤한 정보가 많아 자객들을 은밀히 잠입시켜 두었다 쏠쏠한 이득을 취하기도 하는 것이다.

물론 흑회 정도야 사망림 자객들이 언제나 찜 쪄 먹을 수 있다고 생각하는 것은 여느 무림인들과 다를 바 없는 생각이었다.

당연히 심드렁하면서도 짜증이 날 수밖에 없는 보고였다.

"개들이 왜?"

일체의 외부 활동을 중지시킨 지 벌써 여러 달이 지났다.

누구 때문에 심신이 많이 지치기도 했고, 남도련의 붕괴나 용천장의 예측할 수 없는 움직임 등을 고려할 때, 지금은 납작 엎드려 태풍을 피해야 한다는 판단 때문이었다.

그런데 뜬금없이 흑회가 사망림을 조사한다고?

왜?

"화산파 검신……."

벌떡!

경기를 일으키듯 일어선 육조가 눈알을 이리저리 굴리며 사방을 살폈다.

딱 봐도 어디 도망갈 곳부터 찾는 모습.

'응? 검신? 죽었잖아.'

퍼뜩 정신을 차린 육조가 복면을 쓴 수하를 노려봤다.

"…제자가……."

"뭐? 똑바로 말을 해!"

육조가 버럭 목소리를 높이자 복면의 수하가 재빠르게 머리를 숙인 채 줄줄 말을 쏟아냈다.

"그러니까 검신의 어린 제자가 흑회를 동원해 저희 사망림의 위치를 찾는다고……."

"검신? 제자?"

"……."

"검신한테 제자가 어딨어?"

검신이 야도와 동귀어진한 후에 자유의 몸이 되었지만 그 뒤부터 화산의 '화' 자도 듣지 않겠다고 맹세하며 지내온 육조였다.

당연히 작금에 돌아가는 사태에 대해선 완전 깜깜한 상태였다.

오죽했으면 용천장이 화산파를 치러 간다는 이야기를 듣고도 수하들에게 더 이상 말을 꺼내지 못하게 했을까.

그런데 느닷없는 검신의 제자라니?

"그러니까 일전에 보고를 드리려고 했는데……."

"미친! 그걸 왜 지금 말해!"

"……."

"알았으니까 어서 읊어. 대체 뭔 소리야? 검신의 제자라니? 그놈이 어디서 튀어나온 거야?"

"그거야 알 수가 없고, 다만 그자가 규중화를 제압하여……."

"헉! 뭐? 뭐?"

이건 또 무슨 말도 안 되는 소리인가.

규중화면 용천장의 장주 연산홍을 말하는 것.

과거 멀찌감치에서 한 번 본 연산홍의 존재감은 북검회의 검성이나 남도련 야도의 아래가 아니었다.

괴물 같은 검신에야 못 미친다지만 그 제자 놈이란 게 어쩌고저쩌고 할 존재가 아닌 것이다.

"저희 쪽 애들도 많이 봤는뎁쇼?"

"엥?"

"뭐, 청부도 없고 구경 삼아 애들 몇이 보고 왔는데……."

"그러니까 검신의 제자란 놈이 규중화를 이겼다?"

"이긴 정도가 아니라 단 일 합이었습니다."

"……!"

"수천 명이 보는 앞에서 규중화가 패배를 인정하고 머리를 숙였으니……."

부하의 보고를 가만히 듣고 있던 육조의 고개가 반대편으로 다시 삐딱하게 기울었다.

"허~ 괴물이 괴물을 길렀다고? 가만, 그자가 지금 어딜 찾는다고!"

후다다닥!

미친 듯이 침상 밖으로 튀어나온 육조가 여기저기서 돈 될 만한 것을 정신없이 꺼냈다.

황당하여 눈만 말똥거리는 수하를 보고 소리를 더하는 육
조.

"언제야? 흑회 애들한테 소식 온 게?"

"이틀 전이라고……."

"시파! 좆 됐다."

챙기던 짐을 내팽개친 육조의 신형이 수하의 머리를 순식간
에 타 넘었다.

"림주!"

당황한 수하가 소리쳤지만 육조의 신형은 어느새 휭 하니
사라져 버렸다.

"거 봐라! 간단하지?"

"……."

염호의 말에 홍화순은 그저 입만 쩍 벌릴 뿐이었다.

다닥다닥 붙어 있는 수많은 전각, 수만 호가 넘게 운집한 대
도시 가운데에서 갑자기 시커먼 인영 하나가 하늘로 치솟는
것이 보인 것이다.

흑회가 알아낼 수 있는 것은 그저 사망림의 본거지가 이곳
합비에 있다는 사실뿐이었다.

그래서 더욱 홍화순은 이 어린 태사조가 두려워졌다.

흑회의 지단을 찾아갈 때도.

그곳에 설치된 갖가지 함정을 미리 알고나 있는 듯 우습게

통과할 때도.

그리고 그 흑회의 형제 가운데 숨어 있는 사망림의 간자를 한눈에 골라낼 때도 놀라긴 했다.

그 간자를 닦달해 위치를 알아내고 꼭 이틀 만에 풀어주라는 명을 내린 것까지.

그렇게 합비에 도착했다.

눈에 보이는 가장 높은 전각 위에 올라 엉덩이를 턱 걸치고 앉은 지 꼭 두 시진이 흘렀을 뿐이다.

그리고 결국 모든 것이 그 말처럼 흘러갔다.

"기다리면 튀게 돼 있어."

한 마리 야조처럼 새까만 점이 되어 정신없이 도시를 벗어나는 그림자.

그가 정말 사망림의 무음살왕인지 아닌지는 알 수 없는 노릇이었다.

하지만 옆에 선 염호의 얼굴에 번지는 섬뜩한 미소는 더 이상 의심할 수가 없게 만들었다.

"그놈, 참… 뛰어봐야 부처님 손바닥인 것을."

염호의 신형이 팟 하고 사라지는 순간 홍화순은 멍하니 홀로 그곳에 남을 수밖에 없었다.

하지만 뭘 더 기다리고 말고 할 것도 없었다.

사라졌던 염호가 시꺼먼 그림자의 목덜미를 붙잡아 그 자리까지 되돌아오는 데 걸린 시간은 고작 숨 몇 번 내뱉고 들이마신 아주 짧은 순간일 뿐이었다.

"흐헉! 저한테 왜… 왜 이러세요?"

*   *   *

마른 장작이 타탁 소리를 내며 거센 불꽃을 일으켰다.

지글지글.

화르르륵!

모닥불 위에 걸린 고깃덩이에서 기름이 떨어질 때마다 시꺼먼 연기와 불꽃이 요란하게 타올랐다.

모닥불과 기름을 뚝뚝 떨어뜨리는 멧돼지를 사이에 두고 앉은 세 사람.

"먹어~"

염호가 불꽃 사이로 손을 쑥 집어넣더니 쩌억 소리가 나도록 뒷다리를 잡아 뜯었다.

"먹으라니까."

한 번 더 입을 연 염호가 기름이 뚝뚝 떨어지는 고깃덩이를 우걱거리며 씹어 삼켰다.

홍화순은 침을 꼴깍 삼켰다.

며칠 염호를 따라 이리저리 끌려 다니느라 통 제대로 먹질 못했기 때문이다.

홍화순은 결국 못 이기는 척 불 속으로 손을 쓰윽 집어넣어 앞다리 하나를 잡아 뜯었다.

광야흑표권으로 단련된 손은 모닥불의 열기 정도는 충분히 견디게 했다.

앞다리를 뜯어 입에 가져가던 홍화순이 힐끔 옆자리를 쳐다보다 고개를 갸웃거렸다.

고개를 푹 숙인 채 눈동자만 위로 치켜뜨고 있는 육조를 본 탓이다.

때마침 육조의 눈이 점점 동그랗게 커지다가 이내 눈썹과 얼굴, 온몸이 순차적으로 가늘게 떨리기 시작했다.

그런 육조의 모습이 이상해 맞은편 염호를 보니 입가에 기름을 잔뜩 묻히고 열심히 고기를 씹고 있는 것이 전부였다.

'태사조가 고길 먹는 게 저렇게 놀랄 일인가?'

홍화순이 육조를 보고 떠올릴 수 있는 것은 그것뿐이었다.

그 순간 육조의 눈은 쏟아져 내릴 것처럼 커졌다 이내 온몸이 바들바들 경련하기 시작했다.

'거… 검신?'

육조의 머릿속을 스쳐 가는 생각이었다.

분명 똑같았다.

작은 몸짓 하나하나, 고기를 씹을 때의 표정까지 모두.

육조는 자객이다.

그 자객 중에서도 정점에 있어 자객지왕(刺客之王)이며 무음 살왕이라 불리는 최고의 자객.

목표를 관찰하고 그 세세한 버릇 하나하나까지 면밀히 분석

해 단번에 숨통을 끊어야 하는 자객의 감각을 극한까지 익힌 존재가 바로 육조다.

그런 육조가 수족이 되어 몇 달이나 졸졸 따라다닌 이가 검신이다.

그 특징과 버릇 따위를 모를 리 없는 것이다.

남도련을 와해시키는 여정 동안 찰싹 붙어 다닌 것이 몇 달인데 그 정도 눈썰미가 없겠는가.

'…검신은… 죽었는데… 대체… 어떻게……?'

온몸을 부들부들 떨다가 저도 모르게 고개를 점점 치켜든 육조.

"왜? 입맛이 없어? 영원히 밥숟갈 놓게 해줄까?"

"……!"

육조가 벼락 맞은 듯 움찔거리며 염호를 쳐다봤다.

그 협박에 놀라서 그런 게 아니었다.

언제가 분명 들었던 말이었다.

똑같은 상황, 그리고 똑같은 말.

최초로 검신과 화산을 빠져나온 날 저녁과 모든 것이 완벽히 똑같았다.

육조의 두 눈은 이제 뒤집어질 듯 변했고, 그런 육조의 눈에 어린 염호의 모습 위로 호호백발 검신의 잔영이 그대로 투영되어 겹치기 시작했다.

오줌이 찔끔 흘러나올 것 같은 느낌을 간신히 눌러 참았더니 몸에 힘이 쭉 빠져 버렸다.

'그랬어! 그런 거였어!'

육조는 모든 비밀을 알았다는 듯 엉덩이를 털썩 주저앉은 뒤 고개를 주억거렸다.

"쩝, 쩝! 똥 마려운 놈처럼 왜 그래?"

염호가 한 소리를 더했지만 육조는 이제 조금 전의 육조가 아니었다.

마치 모든 것을 깨달았다는 눈으로 염호의 눈을 정면으로 마주봤다.

혼자서 천천히 고개를 끄덕거리는 육조. 그 눈길이 더없이 그윽하고 깊어졌다.

'저놈이 뺑글 돌았나?'

염호가 고기를 뜯다 말고 살짝 인상을 찌푸렸지만 육조는 그 시선마저 피하지 않았다.

'다 알지요. 저는 모든 것을 다 알지요.'

육조가 저 혼자 미친놈처럼 계속 고개를 끄덕거리다 옆자리의 홍화순을 쳐다봤다.

흠칫하는 홍화순을 일별한 육조가 갑자기 벌떡 일어서 염호 옆을 스쳐 갔다.

"이런 이야긴 역시 따로 둘이서만 하는 게 좋겠지요?"

"⋯⋯?"

"저쪽에서 기다리겠습니다요."

꾸벅!

고개를 까딱 숙인 육조가 염호의 대답도 듣지 않고 스윽 그

곁을 지나쳐 수풀 너머로 사라져 버렸다.

뒷덜미를 잡혀 끌려올 때나, 불을 피우고 멧돼지를 잡아올 때까지만 해도 요리조리 눈치만 살피며 벌벌 떨 때와는 너무나 상반된 모습이었다.

하지만 염호도 별로 신경 쓰지 않는다는 얼굴이었다.

그냥 고기를 씹다가 히죽 웃을 뿐이다.

"확실히~ 눈썰미 하난 괜찮은 놈이라니까!"

*   *   *

쿵쿵!

망태기를 등에 멘 덩치가 발걸음을 옮길 때마다 땅바닥이 들썩이는 소리가 났다.

밤하늘에는 별이 쏟아질 듯 반짝였고 희뿌연 빛을 내던 달은 저 멀리 붉은 흙빛의 협곡 사이로 떨어지기 직전이었다.

"사형~! 근디유?"

"……."

"사형! 근디유? 잠만 일어나 봐유!"

"이런 씨! 자꾸 깨울래?"

망태기 안에서 버럭 하는 소리가 들려오자 덩치가 움찔 걸음을 멈추더니 땀을 삐질 거렸다.

"그게 아니구유, 저 앞에 또 뭐가 있구만유."

"엥?"

덩치가 알아서 뒤로 몸을 돌리자 망태기에 '포뿍' 소리가 다시 들렸다.

손가락 두 개가 툭 튀어나온 뒤 다시 멀뚱거리는 두 개의 눈동자가 드러났다.

한참을 그렇게 밖을 보고 껌뻑거리던 눈이 한순간 거칠게 요동쳤다.

"이… 이런……! 제엔~ 장!"

망태기 밖으로 쌍소리가 튀어나왔다.

멀리 평야 한가운데 희끄무레한 그림자들이 보였다.

옥문관을 지키던 병사들.

하지만 온전한 상태가 아니었다.

두 눈이 움푹 들어가고 있어야 할 눈동자가 없이 시커먼 구멍만 보였다.

온몸에는 시꺼먼 진물 같은 것을 줄줄 흘리는 병사들이 바람에 흩날리는 갈대처럼 휘청휘청 황무지 위를 걷고 있었다.

살아 잇는 기척이라고는 전혀 느껴지지 않는 이들, 어림잡아 기백을 훌쩍 넘는 숫자였다.

"사… 사형! 뭐래유? 저건?"

뒤돌아선 덩치의 목소리가 들려왔지만 망태기 안에선 더 이상 아무 소리도 들려오지 않았다.

그저 튀어나올 것 같은 눈이 계속 깜빡거리기만 할 뿐.

그 순간.

주르륵! 주룩! 철퍼덕!

"······!"

수백에 달하던 병사가 갑자기 촛농처럼 녹아내리기 시작했다.

끈적이는 점액처럼 바닥에 시꺼먼 물만 남기고 순식간에 녹아버린 병사들.

"대··· 대체······?"

망태기 안에서 기겁한 소리가 토해졌다.

"사··· 사형? 왜유?"

뒤돌아섰던 덩치가 궁금함을 참지 못하고 신형을 휙 돌렸다.

그 순간 황토 바닥 여기저기 녹아내린 시꺼먼 진물이 한곳으로 스멀스멀 모여들기 시작했다.

"뭐래유? 저건?"

"돌려~! 돌리라구."

망태기 안에서 소리치는 음성, 덩치가 다시 등을 돌리자 이번엔 망태기 위로 고개가 삐죽 튀어나왔다.

망태기 밖으로 얼굴을 내밀었지만 보이는 것은 온통 치렁치렁한 머리카락뿐이었다.

긴 머리카락 사이로 언뜻 보이는 눈동자가 계속 쉬지 않고 끔뻑거렸다.

뽀글뽀글!

시꺼먼 진물 사이로 기포가 올라왔다.

그리고.

뿌아아악!

시커멓고 거대한 천을 활짝 펼친 것처럼 진물이 일제히 하늘로 치솟았다.

그 소리에 휙 돌아선 광치가 물색 모르고 감탄을 터뜨렸다.

"우와~!"

"뛰, 뛰어! 뛰라고!"

망태기 속으로 쏙 들어간 사내가 미친놈처럼 소리친 것도 그 순간이었다.

파앙!

허공을 뒤덮을 듯 활짝 펼쳐진 시커먼 장막이 엄청난 속도로 덩치를 향해 덮쳐오기 시작했다.

＊　　　＊　　　＊

모닥불과 멀찌감치 떨어진 야산자락에 홀로 선 육조는 깊은 생각에 잠겼다.

'그런 거였어. 그런 거……'

육조는 모든 것을 이해한다는 눈빛으로 아련한 마음을 다잡았다.

"큼!"

뒤쪽에서 염호가 낮게 기척을 내며 다가오자 육조는 더없이 공손한 모습으로 돌아섰다.

"오셨습니까."

"그래, 역시 네 녀석은 제법 쓸 만해. 의리도 있고."

염호는 몇 달 전의 일을 기억해 내곤 흡족한 표정으로 육조를 바라봤다.

남도련을 향한 행보의 종착점이었던 야도와의 싸움.

행방조차 묘연하기만 한 야도를 찾아 백마첨봉까지 데려온 것이 바로 눈앞의 육조였다.

죽을지도 모를 곳을 두말없이 찾아갔던 것이 그때의 육조였다. 염호가 그를 다시 찾은 것도 그때 그 일 때문이었다.

두말없이 고개만 한 번 꾸벅이고 사라지던 그 모습이 염호의 마음에 깊이 남았다.

원한은 열 배로 되돌려 갚고, 은혜는 딱 받은 만큼 토해내는 것이 천살마군 때부터 쭈욱 이어진 염호의 철칙이다.

다시 살고자 하는 인생에서 육조를 찾은 것이나, 화산을 위해 흑회까지 동원해 애쓴 홍화순을 따로 데려온 것도 다 그런 이유들 때문이었다.

'과거에는 내가 쫌 그랬어. 정(情)을 외면했기 때문에 불화가 시작된 것이고.'

염호가 기꺼운 눈으로 육조를 바라볼 때였다.

"나는 도사가 아니기 때문이다……."

"……?"

잔뜩 무게를 잡고 있던 육조가 느닷없이 뱉은 말이었다.

"검신 태사조께서 과거에 하신 말씀이지요. 그때는 이해가 안 되었는데… 이제야……."

육조의 눈길이 더없이 크게 흔들리며 염호를 바라봤다.

마치 평생 떨어져 있던 자식을 다시 찾은 듯한 눈빛이었다.

'얘가 왜 이래?'

"딱 보니 알겠습니다. 그 말투며 작은 버릇 하나까지… 피는 절대 못 속인다더니……."

"……?"

"검신 태사조께서 세상 밖에다 이렇듯 헌양한 씨를 뿌렸을 줄이야……."

"……!"

"결국 그런 자책 속에서, 술도 드시고 고기도 드시고… 저는 부친을 다 이해합……."

빽!

"컥!"

염호가 부리부리한 눈으로 육조를 쏘아보는데 한쪽 눈탱이가 퍼렇게 부은 육조가 또다시 고개를 끄덕였다.

"걱정 마십시오. 저 입 하나는 엄청 무거운……."

파각!

육조의 머리가 뒤로 휘청 꺾였다가 되돌아왔다. 이번에는 반대편 눈자위가 시뻘겋게 변해 버렸다.

"진짜 이 비밀은 죽어 무덤까지… 헙!"

"쑵!"

염호가 주먹을 꽈드득 말아 쥐는 것을 보자 그대로 납작 엎드리는 육조.

"알겠습니다. 저만 알고 절대, 절대 입 밖에 내지 않을……."

와그작!

발을 들어 육조의 머리통을 그대로 밟아버리는 염호였다.

"뭐가 어쩌고 어째?"

염호의 입장에서 그야말로 뚜껑이 터져나갈 말이 아닐 수 없었다.

구구절절한 사연 끝에 한호의 호적을 싹 정리해 염호로 만들어놨더니.

지금 누구 자식이라고?

"으허어헉!"

발바닥에 눌려 사지를 파닥거리는 육조를 향해 염호가 낮게 속삭였다.

"이놈아!"

"으으으……."

"대체 그 썩은 눈으로 어찌 자객질을 하고 살았누?"

"……."

"내가 검신이야."

"에에?"

"그래, 니가 아는 검신. 바로 그 검신!"

염호가 발을 떼고 슬쩍 물러나 근엄한 표정으로 뒷짐을 지었다.

쌍코피를 줄줄 흘리며 고개를 쳐든 육조는 멍한 표정으로 눈을 천천히 끔뻑거렸다.

그렇게 염호를 다시 천천히 쳐다보던 육조의 입에서 새된 소리가 터져 나왔다.

"흐걱!"

진짜 검신이었다.

소년 염호에게 투영되었던 늙은 검신의 환영이 육조의 눈에 생생하게 보였다.

"귀… 귀신이닷!"

빠각!

염호의 무릎에 안면을 강타당한 육조가 의식의 끈을 놓으며 뒤로 훌러덩 넘어갔다.

"쯧~! 어째 제대로 된 놈이 없어."

"저… 정말로 검신 어르신이십니까요?"

한참 동안 부들부들 떨다 육조가 기껏 내뱉은 말이었다.

염호가 대꾸도 없이 살짝 눈살을 찌푸리자 육조가 화들짝 놀라며 몸을 파르르 떨었다.

"히끅!"

딸꾹질까지 하는 육조.

"얼씨구?"

"히끅! 큽!"

제 손으로 얼른 입을 막아보지만 갑자기 터진 딸꾹질은 멈출 기미가 보이지 않았다.

"왜? 증거라도 보여줄까?"

육조가 화들짝 놀라며 미친 듯이 도리질을 쳤다.

이미 머릿속엔 검신의 자그마한 특징 하나하나까지 낱낱이 남아 있고, 몸뚱이마저 이렇게 확실히 반응하는데 무슨 증거가 더 필요할까.

더불어 이제는 마음속까지 완벽히 눈앞의 검신을 인정한 상태였다.

"히끅!"

"주접 그만 떨고 일어나."

육조가 용수철이 튕기듯 발딱 일어서자 염호가 다시 한 번 혀를 '쯧' 찬 뒤 휑 하니 뒤돌아섰다.

"저… 저… 히끅! 검신 어르신……."

등 뒤의 육조가 주체하지 못하는 딸꾹질을 간신히 삼키며 입을 열자 염호가 신경질적으로 고개를 돌렸다.

"왜?"

"힉! 그게 아니라… 히끅! 이번엔 어디신지?"

"……?"

"용천장입니까? 히끅! 아니면 북검회? 어딜 먼저 치시려… 히끅!"

뻑!

눈앞이 번쩍하더니 멈췄던 코피가 주르륵 흘러내렸다.

"치긴 뭘 쳐? 내가 무슨 싸움에 미친놈처럼 보이냐?"

"그, 그럼… 소인은 대체 왜 찾으신 겁니까요?"

육조의 말문이 점점 제대로 열리기 시작했다.

함께 동고동락한 날이 많은지라 맞으면 맞을수록 오히려 편안한 마음이 되는 것이다.

딱 어느 정도 고통 이상은 안 준다는 것을 무수한 경험으로 벌써 체득한 것. 더불어 한 방 더 맞고 나니 딸꾹질까지 거짓말처럼 멈춰 버렸다.

"처음에 나한테 뭐라고 했어?"

"네엣?"

"각골난망, 분골쇄신, 죽을 때까지 충성한다고 안 그랬냐?"

"……."

얼굴빛이 노랗게 질려가는 육조였다.

"자고로 남자라면 한 입으로 두말하는 거 아니다."

염호가 휘적휘적 수풀을 헤치며 사라져 가는 동안 육조의 뇌리를 가득 채운 것은 한마디였다.

'죽을 때까지… 죽을 때까지…….'

"히끅!"

육조의 딸꾹질이 도졌다.

第八章

잔뜩 메마른 황무지 위로 하늘을 향해 먼지바람이 치솟았다.

　타타타타타타탁!

　흙먼지를 자욱하게 만들어내는 요란한 발놀림 소리. 커다란 덩치의 사내가 정신없이 내달리는 중이었다. 덩치와 어울리지 않게 두 다리가 얼마나 빨리 움직이는지 마차 바퀴가 돌아가는 것처럼 보일 정도였다.

　더구나 그는 등에 커다란 망태기까지 짊어진 상태였다.

　"헉! 헉! 헉! 허억!"

　꼴딱 숨이 넘어갈 정도로 거친 호흡을 내뱉은 덩치가 힐끔 뒤를 돌아봤다.

"인자 괜찮은감유?"

"으음……."

"죽겠구먼유."

"그래, 뭐. 좀 쉬어라."

그때서야 덩치 사내가 헉헉거리는 숨을 고르기 시작했다.

따돌렸다고 생각하고도 반나절을 더 쉬지 않고 달린 것이다.

치렁치렁한 머리카락이 얼굴에 흘러내린 땀과 범벅이 된 덩치의 모습은 가뜩이나 추레한 모습을 더 볼품없이 만들었다.

다 합치면 이틀 밤낮을 꼬박 죽을 둥 살 둥 정신없이 뛰어다녔다.

거기다 등에 사람 하나를 태운 채 그 짓을 했으니 이만큼 달린 것도 용한 상황이었다.

"허헉, 근디 사형, 그게 뭐래유?"

숨이 어느 정도 돌아오자 덩치가 물었다.

"난들 알겠냐?"

"근디 왜 도망을……?"

"똥인지 된장인지 먹어봐야 아냐?"

"안 먹고 구분이 된대유?"

"휴~! 됐다. 됐어."

망태기 안에서 푸념 섞인 음성이 들려오자 덩치가 머리를 긁적거렸다.

"나 이제 잔다. 절대로! 깨우지 마!"

"야~!"

덩치가 고개를 한 번 크게 끄떡거리더니 아무 일도 없었다는 듯 발걸음을 옮기기 시작했다.

멀리 황토색 산자락 사이로 삐죽 솟은 옥문관이 보였다.

덩치는 그 방향을 향해 걸어갔다.

한 걸음을 옮길 때마다 '쿵' 하는 발걸음 소리가 났지만, 그즈음 망태기 안에선 '드르렁' 코 고는 소리가 울리기 시작했다.

옥문관이 가까워지자 덩치가 우뚝 발걸음을 멈췄다.

고개를 갸웃거리며 더 이상 걸어갈 생각을 하지 못하는 사내.

"사, 사형."

드르렁! 쿠~!

"사형!"

드르렁! 쿠울, 쿠~!

"인나서 좀 봐유!"

"왜 또! 뭔데?"

광치가 몸을 돌리자 망태기 안에서 다시 뽀복 하고 손가락 구멍이 뚫렸다.

"제엔~ 장!"

시커먼 진물 같은 것에 쫓길 때보다도 몇 배나 거친 음성이 터졌다.

동시에 망태기 밖으로 시커먼 그림자가 섬전처럼 솟아올랐다.

"사— 형—!"

귓전으로 들려오는 목소리를 뒤로하고 그림자는 바람처럼 전방으로 쏘아졌다.

휘날리는 머리카락 사이로 드러난 사내의 얼굴은 눈이 번쩍 뜨일 만큼 미남이었다.

입고 있는 옷자락이 조금 이상할 뿐, 한 번 보면 눈을 떼기 힘들 정도로 빛이 나는 느낌의 사내였다.

이제 스물 중반 정도의 나이, 승려의 옷인지 거적때기인지 헷갈리는 옷만 아니라면 뭇 여자의 방심을 흔들고도 남아 상 사병을 걸리게 할 만한 외모였다.

그 사내의 눈이 활짝 열린 옥문관의 성문을 향했다가 빠르게 성벽 위 망루로 이동했다.

"기련 할배!"

사내의 입에서 터져 나온 다급한 목소리였다.

텅 빈 망루 위에 홀로 서 있는 노인.

타오를 것 같은 붉은 장삼을 걸친 노인이 검을 빼 든 모습으로 기나긴 성벽 위에 석상처럼 서 있었다.

사내는 광풍처럼 먼지바람을 일으키며 성벽을 그대로 타올라 노인 앞에 뚝 떨어져 내렸다.

"할배?"

사내는 더 이상 다가가지 못하고 멈춰야만 했다.

온몸을 둘러싼 노인의 기운이 더 이상 사내의 발걸음을 허락지 않은 것이다.

기화방신.

흔히 호신강기라고 하는 강기막이 노인의 전신을 감싸고 있는 것이다.

사내의 눈에 잠시간 안도감이 감돌았다가 다시 그 눈이 번쩍 떠졌다.

호신강기 안쪽 노인은 분명 너무나 멀쩡한 모습이었다.

하지만 어쩐 일인지 단 한 줌의 생기도 느껴지지 않았다.

듣도 보도 못한 상황이라 사내는 잠시 얼이 나간 표정이었다.

숯 칠을 한 것 같은 사내의 짙은 눈썹이 안쪽으로 모였다.

잠시 동안 아주 절망적인 상황만은 아니란 판단을 내린 얼굴이었다.

일체의 접근을 허락지 않는 호신강기가 유지된다는 것은, 적어도 살아 있기에 공력을 일으키고 있다는 뜻이라 여긴 것이다.

"으응?"

더 다가가지 못하고 노인을 바라보기만 하던 사내가 고개를 갸웃거렸다.

아래로 향해 있는 노인의 검끝, 그쪽 성벽에 움푹 파인 글자를 본 것이다.

사(邪) 안(眼).

검으로 새겨놓은 두 글자.

"뭐야? 할배? 사악한 눈동자라니? 대체……?"

사내가 의문과 혼란을 견디지 못하고 목소리를 높인 그 순간이었다.

그그그극!

"……!"

호신강기 안의 노인, 기련노조.

유리에 금이 가듯 멀쩡해 보이던 그의 온몸에 거미줄 같은 실금이 엄청난 속도로 퍼져 나갔다.

파자창!

"할배!"

사내가 목구멍이 찢어져라 소리쳤지만 노인의 몸뚱이는 살얼음처럼 쪼개져 순식간에 사방으로 비산했다.

사내가 반사적으로 손을 뻗어 몇 개의 조각을 붙잡았지만 손바닥에 잡힌 파편은 순식간에 다시 먼지로 변해 허공중으로 흩어졌다.

"할… 배……."

눈앞에서 벌어진 이 믿기지 않은 일에 사내는 정신을 차릴 수가 없었다.

하지만 그것도 잠시뿐.

사내의 표정이 순식간에 차분해졌다.

여기저기 기우고 덧댄 흔적 가득한 잿빛 승포 안쪽, 목에 걸렸던 기다란 염주를 꺼내는 사내.

사내가 그 염주를 한 손에 잡고 한 알 한 알 굴리기 시작했다.

하는 짓이 딱 파계라도 한 승려처럼 보이기도 했다.

그는 취성과 불성이 연경산 이후 삼십 년 만에 다시 키우기 시작한 제자였다.

그럼에도 소림사에도 개방에도 속하지 않았고 두 사람의 마지막 관문제자이며 공동전인이기도 했다.

때문에 소림의 법명도 없고 개방의 항렬도 없으며 어릴 때부터 그저 '소화상'이라 불려 이제는 소화란 이름까지 얻게 된 이였다.

소화의 눈빛이 점점 더 차분해져 언제 그랬냐는 듯 너무나 잔잔하게 변했다.

"아⋯⋯."

옥문관 안쪽이 그제야 소화의 눈에 들어왔다.

완전히 텅 비어버렸다.

병사들로 분주하던 군막은 횅한 바람에 나부낄 뿐이고, 역병 소식에 발이 묶였던 상단 사람들 역시 한가득 쌓여 있는 짐만 고스란히 내버려 둔 채 그 어디서도 찾아볼 수가 없었다.

자그마한 도시를 방불케 하던 옥문관 안쪽이 사람들만 쏙 빼간 모습으로 완전히 방치되어 있는 것이다.

"사⋯ 사형! 기련산 할배 어디로 갔대유? 방금 전 분명히 봤

는디?'

뒤늦게 성벽 아래로 도착한 덩치의 사내가 소처럼 커다란 눈을 끔뻑거렸다.

소화의 눈에 기광이 번쩍이기 시작한 그 순간이었다.

죽은 노인은 기련노조로 세상에 알려지지 않은 이인이었다.

지닌 능력은 능히 중원삼성이라 불리는 두 사부와 나란히 할 정도. 그 기련노조가 어찌된 영문인지도 모른 채 산산이 조각이 나 흩어져 버린 것이다.

소화의 눈이 반사적으로 성벽에 새겨진 글자를 향했다.

'사안이라……'

그 기련노조가 죽기 직전까지 필사적으로 전하려던 단서.

불길한 느낌이었다.

수백이 넘는 북로군 병사는 물론이요, 기련노조마저 막지 못한 무언가.

"사부가… 위험!"

머릿속에 퍼뜩 떠오른 판단, 소화가 신형을 쑥 뽑아 덩치 앞으로 떨어져 내렸다.

"광치야! 난주 분타로 가라!"

"야?"

"옥문관 병사들이 전멸했다고 전해라. 분타주가 알아서 황궁에 소식을 넣을 거다."

"야."

"그리고 분타주한테는 니가 본 걸 전부 그대로 말해. 알았어?"

"우리 잡아먹을라고 했던 그 씨커먼 물이유?"

"그래, 그거랑 또 다른 게 있다고."

"야?"

"모른다. 하여튼 하나가 아니야. 나는 사부한테 가야 하니까. 알았어?"

"야~!"

광치의 대답도 듣지 않고 바람처럼 사라지는 소화를 향해 광치가 머리를 긁적이며 소리쳤다.

"집 잘 지킬 테니 얼른 당겨오세유~"

망태기를 꼭 끌어안은 광치가 손을 팔랑팔랑 흔들어댔다.

*　　　*　　　*

크고 작은 배로 가득한 포구를 향해 상선 한 척이 유유히 정박을 시도했다.

북적이는 물 위의 배만큼이나 분주한 사람들로 가득한 도시, 항주의 나루터는 수많은 상인과 유람객으로 발 디딜 틈을 찾기 어려울 정도였다.

"으흠~! 좋네."

바다 냄새와 사람들 냄새를 한껏 음미하며 선착장 바닥을 밟은 염호가 기지개를 켰다.

그 뒤를 바짝 따르는 육조는 마치 호위무사라도 되는 양 눈을 번뜩였다.

살벌한 눈초리로 사람들을 쏘아보니 알아서 앞쪽의 길이 열렸다.

누가 뭐라 해도 당대 자객들의 정점에 선 이가 육조였다. 그 눈길을 평범한 상인들과 여행객들이 받아낼 수는 없는 일.

"그러지 마라. 좋잖아?"

육조가 고개를 갸웃하자 염호가 피식 웃으며 주춤거리는 사람들 틈을 가로질러 나갔다.

"사람 사는 게 다 그런 거지. 뭐해? 얼른 안내해."

염호가 육조보다 한참이나 뒤처져 쭈뼛거리는 홍화순을 쳐다봤다.

"옙!"

홍화순이 초봄인데도 이마에 땀을 주르륵 흘리며 육조와 염호를 지나쳤다.

'진짜 가는구나. 이 일을 어쩐다······.'

부친인 홍괴불을 떠올리자 막막하기만 한 홍화순이었다.

섬서지부에서 한바탕 그 난리를 쳤으니 소식이 여기까지 전해지지 않았을 리 없었다.

아버지 홍괴불 역시 화산에 직접 와서 새로운 태사조를 봤으니 그 강함을 충분히 알고 있을 터, 제발 한 번만 고개를 넙죽 숙여주길 간절히 바라는 것이 홍화순의 속내였다.

맨손으로 청방을 만들고 흑회를 일통한 홍괴불은 입지전적인 인물이었다.

천성이 반골에다 남에게 머리 숙이는 것을 죽기보다 싫어하는 부친의 성정을 홍화순은 너무 잘 알았다.

진짜 문제는 부친이 아니라 눈앞의 이 어린 태사조였다.

흑회에 대해 자신보다 더 속속들이 알고 있으며, 그 성격마저 얼마나 지랄 같은지……

'제발 납작 엎드려야 합니다. 잘못했단 죄다 끝장입니다. 죄다……'

대륙의 서북쪽 끝이 옥문관이라면 항주는 대륙의 동남 방향 끝이라 할 수 있는 곳이다.

염호는 지금 그 항주에 도착했다.

"호오라~! 역시 물은 항주가 최고야."

히죽 웃는 염호의 입가로 가지런하고 새하얀 이가 반짝이고 있었다.

*　　　*　　　*

"…하여 지난해 걷힌 세비의 잔존분과 더불어 육가의 가산을 압수해 합하여진 세수가 황금 이십만 관에 이르니 황상의 성총과 치세에 국고가……"

"하아암~!"

"폐… 폐하?"

"거참, 그냥 돈 얼마 벌었다고 하면 될 걸 가지고, 뭘 그리 궁시렁궁시렁……"

"어찌 그런 망극하신 말씀을!"

"아우야! 둘이 있을 때는 적당히 하자."

"이부상서이옵니다."

"그놈의 상서 타령, 필요할 땐 동생 어쩌고… 또 필요할 땐 꼬박꼬박 직책을 찾고. 엿가락이냐?"

"정말 이러실 겁니까?"

"어쭈?"

"진짜 한 번 더 이러심 옷 벗습니다."

"어라?"

"진짭니다."

"삐쳤냐?"

"……."

"에이, 삐쳤구만. 그리 속이 쥐 불알만큼 작으니 여태 상서나 하고 있지. 나 같으면 반란이라도 일으켜서……."

"황상!"

하는 짓이나 대거리하는 말투만 봐선 뒷골목 왈패들이라 해도 믿을 법한 두 사람.

천자(天子)라는 칭송과 우러름을 받는 이 땅 위의 가장 존귀한 존재 황제와 만조백관의 으뜸이라 칭함받는 이부상서 주겸의 대화였다.

"아우야, 그런데 진짜 이 자리에 앉을 생각 없냐?"

"왜 또 그러십니까? 뭐가 필요하신데요? 곤녕궁에 새로 들인 궁녀가 참하다는 말을 듣고 그러십니까요?"

"그런 거 아니다."

"……."

"나랑 안 맞아. 이건 매일 회의에, 서류에, 보고에, 너나 되니까 이런 말 하지. 이런 태평성대엔 아우 같은 재목이 딱 이 자리에 어울려."

"제발 망극하신 말씀 거두십시오. 형님 폐하를 누구보다 잘 아는 것이 소신입니다."

"흐음."

"폐하! 장성 밖 달단을 서역으로 몰아낸 것도, 남만국을 정벌, 신하국의 예를 따르게 만든 것도 모두 폐하의 친정(직접 전쟁에 나섬) 덕이 아니옵니까?"

"음음."

"왜구는 또 어떻습니까? 화포를 일선에 배치해 왜선들을 초도에 박살 내니 해남 백성들이 폐하의 성총을 칭송하는 소리가 끊이질 않습니다. 이 태평성대가 다 누구 때문이겠습니까?"

"흐음. 그렇지? 누구 때문?"

"……."

"역시 그래."

"끙……."

"나 때문이었어. 하하하, 그러니까 좀 편히 쉬자. 내가 만든 이 태평성대를 맘껏 누려도 되잖아?"

"폐하……."

"그러니까 우리 일 좀 그만하고, 좀 쉬자. 곤녕궁의 궁녀가 어떻다고?"

"어째서 그런 쪽으로 이야기를⋯⋯."

말로는 도저히 당해낼 재간이 없는 이부상서 주겸이 고개를 절레절레 저을 때였다.

"폐! 폐하~! 급보입니다."

"⋯⋯!"

"⋯⋯?"

태화전 문밖에 사색이 된 얼굴로 서 있는 장수가 보였다.

황금색 갑주를 입고 있는 어림군의 지휘사 주휘, 그 역시 황제와 주겸의 친동생이며 한 핏줄이었다.

태화전 용상에 앉아 있던 황제가 벌떡 일어섰다.

"전쟁?"

조금 전 주겸과 장난을 칠 때와는 너무도 다른 얼굴이었다.

어림군 지휘사가 이토록 헐레벌떡 달려올 정도라면 보통 일이 아님을 아는 것이다.

나른하고 장난 가득하던 표정이 완전히 달라져 시꺼먼 눈썹 아래 드러난 눈에서 황제의 위엄이 절절 넘쳤다.

"모르겠사옵니다."

"⋯⋯?"

태화전 밖에 선 주휘가 황당한 말을 하자 황제도 말문이 막혀 버렸다.

그 뒤 주휘가 허락도 구하지 않고 용상이 있는 곳까지 재빠르게 걸어왔다.

황제는 물론 이부상서 주겸의 눈빛마저 달라졌다.

평소 고리타분하고 격식에 얽매인다고 황제에게 늘 타박만 받던 막내 주휘가 궁의 절차와 예법을 무시한 채 다급한 표정으로 다가오기 때문이었다.

주변의 내관들이나 호위들마저 놀라는 표정으로 용상 앞으로 다가오는 주휘를 쳐다볼 정도였다.

"옥문관이 함락되었습니다."

"……!"

"……!"

"북로군 총병이 가욕관에서 본진을 이끌고 출전했으나……."

"……?"

"……?"

"소식이 끊겼다는 보고입니다."

"소식이 끊겨?"

벌떡 일어선 황제가 황당하다는 표정으로 더 이상 말을 잇지 못했다.

적이 누군지도 모른다고 했다.

그런데 삼만이 넘는 북로군 본진이 출정했다가 패전을 한 것도 아니고 연락이 끊겼다고?

척후와 본진, 후위를 두는 군의 편제를 누구보다 잘 아는 황제인지라 주휘의 보고가 자다가 봉창 두드리는 소리로밖에 들리지 않았다.

"지휘사, 대체 그게 무슨 말인가? 북로군 총병관은 호연정 장군이 아닌가?"

참지 못한 주겸이 나섰다.

전장에선 맹호요, 전술에선 공명을 찜 쪄 먹고, 수하들은 자식처럼 돌본다 하여 삼정공(三晶公)이란 봉호를 제수받아 차후 팔십만 금군의 수장 북평대장군에 내정된 이가 바로 대장군 호연정이다.

그 호연정이 이끄는 북로군 병력 삼만이 느닷없이 소식 두절됐다는 말이다.

"그것이 전부가 아니라… 백성들마저……."

쾅!

황제가 벌떡 선 채로 용상의 팔걸이를 두 주먹으로 내려쳤다.

"백성들?"

황제의 목소리가 부들부들 떨리는 것을 보고 주겸이나 주휘는 순식간에 간이 쪼그라드는 표정이었다.

이 모든 태평성대의 근원, 그것은 눈앞의 황제가 백성이란 이름으로 묶인 그들을 친자식처럼 여기기 때문이었다.

백성이란 말에 누구보다 민감하며 누구보다 앞장서길 좋아하는 것이 바로 당금의 황제였다.

그 사실을 너무 잘 알기에 지켜보는 주겸도, 보고를 올려야 하는 주휘도 쉽사리 입을 열 수가 없었다.

틱!

황제가 자리에 앉았다.

떨리는 눈빛과 음성은 사라졌지만 점점 일변하는 그 분위기는 널따란 태화전 안으로 숨도 쉬지 못할 압박감을 불러일으켰다.

"지휘사 주휘는 들어라!"

쿵!

주휘가 바닥에 납작 엎드려 오체투지 했다.

"티끌만큼의 보탬과 뺌도 없이 고하라. 망설이는 것도 허락지 않는다. 그 촌각으로 백성들이 해를 입는다면 내 직접 네 목을 칠 것이다."

"넵! 폐하!"

머리를 다시 한 번 '쿵' 박은 주휘가 쉬지 않고 말문을 열었다.

"북로군 본진이 연락 두절된 후, 급히 난주 주둔 도지휘사 병력 오천이 북상을 시작해… 고랑현, 무위현, 금창현을 지났으나 단 한 명의 인적도 발견치 못하였고, 현재 고합에서 진군을 멈추고 대기 중이란 전언입니다."

주휘는 숨도 제대로 내쉬지 못하고 한 마디 한 마디 힘 있게 소리쳤고, 용상에 앉은 황제의 눈빛은 점점 더 굳어졌다.

"적도의 정체와 수는?"

"밝혀진 바 없사옵니다."

쾅!

"말이 되지 않는다! 최초의 발견자가 있으니 북로군이 출병

했을 것이고 또 난주 지휘사가 나섰을 것 아니냐? 적을 발견하고 소식을 전한 자가 있을 것이다. 그게 누구란 말이냐?"

황망한 경황 중에도 황제는 냉철한 이성을 놓지 않았고 주휘가 움찔 몸을 떨며 간신히 말문을 열었다.

"…개방이라는 곳이 온데……."

"뭐라?"

"무림인들입니다, 폐하! 일전에 조사하라 명하시어 소신이 조금 알고 있습니다."

주겸이 급히 나서자 황제의 눈썹이 서서히 일그러졌다.

아는 대로 어서 말하라는 눈빛.

"개방이란 곳은 비렁뱅이들의 문파로 그 신분은 천하지만 수많은 문도를 거느려 세상 돌아가는 소식에 가장 빠르고 정통한 곳이라 합니다."

황제의 일그러졌던 눈매가 잠시 그대로 고정되었다가 다시 꿈틀했다.

"무림이라. 하면 적국의 침탈이 아닐 수도 있단 말이냐?"

"……."

"……."

주겸도 주휘도 감히 입을 열어 대답할 수가 없었다.

국경이 뚫리고 수만의 병사가 실종된 상황인데, 거기다 숫자가 파악되지 않는 백성들마저 무슨 일을 당했는지 모르는 때였다.

그런 중대사를 언뜻 든 생각만으로 판단 내릴 만큼 우매한 주겸과 주휘가 아니었다.

황제 또한 그 정도 분별력은 차고 넘치는 이였다.

잠시 눈자위만 꿈틀꿈틀하던 황제의 입에서 더없이 묵직한 음성이 흘러나왔다.

"지휘사는 들으라!"

"충!"

"전군에 비상 동원령을 내려 현 위치를 차질 없이 대체하고, 가동할 수 있는 전 병력으로 감숙을 에워싸라. 개미 새끼 한 마리 놓쳐선 아니 될 것이다."

"충!"

지휘사 주휘가 벌떡 일어서 뛰어 나가는 동안 황제의 또 다른 명이 주겸에게 이어졌다.

"무림인들 가운데 세를 규합하고 무리를 이끌 자가 있느냐?"

"소신이 아는바, 그들은 제각기 독자적인 세력과 이합집산으로 유지되옵니다."

"하면 그들 중 가장 힘 있는 곳은 어디인가?"

"얼마 전까지는 용천장이라 하였습니다만 지금은······."

"······?"

"화산입니다."

"화산? 그 화산파?"

"그러하옵니다. 당대 최고는 화산파라 합니다."

"오~! 다행이다. 참으로 다행이야. 일전에 그 도사를 불러……. 아니다. 이는 짐이 정중히 부탁할 일이다.”

“…….”

“이부상서 주겸!”

“네, 폐하.”

“짐이 이미 그 능력을 두 눈으로 확인한 바, ‘신 가’라 하는 그 도인에게 보국공(保國公)을 제수하여 옥문에서 벌어진 일을 조사토록 할 것이니 어림군의 가장 빠른 말로 이 소식을 전하도록 하라.”

주겸이 양 무릎을 꿇고 머리를 조아리는 것으로 답했다.

“황은이 망극하옵니다, 폐하~!”

“보국공에게 한시적으로 금군 통령의 자리를 내리며, 군병뿐만 아니라 관부와 무림의 모든 동원령과 지휘권을 내릴지니… 짐 앞에서도 행한 그 단호함으로 적도들을 처결할 것을 명한다.”

“망극하옵니다, 폐하.”

“아울러 이 일의 선봉에 화산파가 나서줄 것을 짐이 정중히 청하노라 전하라. 이부상서 주겸, 네가 직접 화산으로 가라!”

“넵! 폐하!”

*　　　*　　　*

“여기야? 제법 그럴듯하네?”

염호가 작지도 크지도 않은 장원 앞에 걸린 현판을 보고 히죽 웃었다.

하지만 홍화순의 내심은 뭔가에 콕 찔리는 기분이었다.

일심무관.

겉보기엔 그저 작은 무관에 불과하지만 그 속내는 흑회를 움직이는 청방의 본거지였다.

주변과 비교하자면 소박하다고 느껴질 정도로 무관의 옆으로는 으리으리한 전각들이 즐비했다.

낮 동안이야 아무리 봐도 '돈 좀 처 발랐네' 할 정도의 전각들이지만 밤이 되면 또 달라지는 곳이 바로 일심무관이 자리한 항주대로의 풍경이었다.

수많은 주루와 기루, 도박장이 밤을 잊게 만드는 곳 항주.

그 중심에 소담스런 장원이 하나 자리 잡고 있다는 것만으로도 뭔가 심상치 않은 배경을 지녔다는 의미였다.

"이건, 참 좋은 환경이잖아?"

홍화순이 당황할 새도 없이 한마디를 더한 염호가 꽉 닫힌 장원의 문을 열었다.

끼이익!

문설주가 부딪치는 소리와 함께 보이는 풍경에 홍화순이 벼락을 맞은 듯 부르르 떨었다.

더불어 염호의 좌측에 선 육조의 눈에는 살벌한 기광이 번뜩였고 가운데 선 염호만이 히죽 웃었다.

"기다리고 있었나 보네?"

마당 한가운데 홍괴불이 보였다.

그리고 그 뒤로 병풍처럼 서 있는 온갖 흉악한 인상의 군상이 부리부리한 눈으로 정문을 노려보고 있었다.

누가 봐도 일전을 불사하겠다는 의지로 가득한 이의 수가 어림잡아 백여 명에 달했다.

그 면면을 한눈에 알아본 홍화순이 화들짝 놀라 눈을 치켜떴다.

'헉! 흑회십걸에다 지단주들까지? 아, 아버지⋯⋯.'

순간 다 망했다는 생각을 떨치지 못했다.

힘 좀 쓴다는 흑회의 핵심 고수들에다 방방곡곡에서 죄다 불러 모은 지단주들까지.

그리고 기다리는 부친의 마음을 어찌 자식이 모르겠는가.

쩌벅쩌벅!

홍괴불이 안광을 번뜩이며 걸어 나왔다.

하지만 염호는 이빨이 다 드러나 보일 정도로 환하게 웃을 뿐이다.

척!

천천히 두 손을 맞잡은 홍괴불.

"일심무관의 관주 홍괴불이 삼가 화산의 태사조님을 배알합니다."

염호는 히죽 웃었지만 홍화순은 입이 쩍 벌어졌다.

어떻게 이렇게.

공손할 수가.

"아울러 청방의 방주 혈표이기도 합니다."

끄덕끄덕!

염호는 말없이 고개만 끄덕였다.

"흑회와 더불어 하례 올립니다."

홍괴불이 뒤쪽을 돌아보며 눈짓하자 우락부락한 인상의 흑회 고수들이 일제히 소리쳤다.

"화산의 태사조님을 뵈옵니다."

일제히 허리를 숙이는 흑회의 군상들 앞에선 홍괴불이 슬쩍 고개를 들어 올렸다.

홍괴불의 눈이 염호를 지나쳐 그 뒤에 선 육조를 보더니 저 혼자 고개를 끄떡였다.

"역시 짐작이 맞았습니다. 사망림주와 동행이시라니……."

"……."

"……!"

"벌써부터 한 식구인 줄 알아보았습니다. 그러면 살수(殺手) 쪽 계파셨군요?"

"……."

"……."

"아니면 도수(도박장)? 매음? 야방(도둑질)? 것도 아니면 혹 밀매 쪽이나 하오문 쪽이신 겁니까."

홍괴불의 입에서 전문 용어가 줄줄 흘러나올 때마다 염호의 인상도 조금씩 일그러져갔다.

'휴~ 어째 정상적인 놈이 하나 없을까.'

                    *   *   *

　침정궁 안 신응담의 눈빛은 고요했다.

　두 손으로 검을 잡고 숫돌 위로 한 번씩 날을 벼릴 때마다
쇠 갈리는 소리가 나직하게 울려 퍼졌다.

　사삭! 사사삭!

　경건한 의식이라도 치루는 듯, 한 번씩 한 번씩 검을 벼릴
때마다 신응담의 머릿속으로 과거의 기억들이 스쳐 갔다.

　'완전하지 않으니까. 부족하니까. 담아봐야 채워지지 않을 것
들이니까… 형편없는 것들이니까……'

　'완전해지게 만들어라.'

　'부족함을 채워라. 가치 있는 것으로 만들어라.'

　'몇 년이 걸리든 몇 십 년이 걸리든 상관없다. 영원히 그것을
이루지 못한다 하더라도 개의치 않는다. 다만 포기하지만 말아다
오.'

　'화산이 날 슬프게 한 건 그것 때문이었으니까. 날 끝없는 절망
으로 이끈 게 그것 때문이니까.'

　"기 사형……."

　신응담의 입에서 회한 섞인 음성 한 줄기가 흘러나왔다.

　그와 동시에 떠오른 두 개의 얼굴.

　하나는 고약하기 이를 데 없는 검신 태사조이며 또 하나는

솜털이 뽀송뽀송한 어린 태사조였다.

상념 속 둘의 얼굴이 어느 순간 천천히 하나로 겹쳐지며 귓가로 또렷한 음성이 들려오는 것만 같았다.

"화산의 검은 공(功)에 있지 아니하다."

"화산의 검은 완전하지도 않다."

"완벽한 무공이란 없다. 사람이 만든 것에 완벽이 어디 있단 말이냐!"

"사람은 본래 그런 것이다. 모든 것이 완벽하다면 삶이 왜 필요할까. 우리는 부족하기 때문에 살아간다."

숫돌에 칼을 벼르던 신웅담의 손끝이 파르르 떨렸다.

처음은 평생을 넘고 싶었던 파문제자 기 사형의 마지막 당부였고, 또 하나는 인생의 황혼기에 찾아온 신앙 같은 존재의 가슴을 후벼파는 일갈이었다.

'태사조…….'

신웅담은 알 수 있었다.

검신의 제자라 하던 어린 태사조가 바로 검신 태사조와 동일 인물이라는 것을.

우쭐하여 매화팔선 어쩌구 하며 방방 뛰어다니는 장로 사형들과 원리원칙만을 고수하는 장문 사형의 눈에는 보이지 않았겠지만 신웅담은 분명 알 수 있었다.

부딪혀 보았기에 느낀 것이다.

반목하고 대들어보기라도 했으니 아는 것.

그 빈자리를 하염없이 그리워했기에 알아볼 수 있었다.

그래서 또한 이해할 수 있을 것 같았다.

스스로를 감추고자 하는 검신 태사조의 깊은 의중을.

"그리 오래도록 화산 속에서만 살아오셨으니……."

사가각!

"이젠 우리의 손으로 화산을 맡으라는 것일 터……."

사가각!

힘주어 벼른 검을 눈앞으로 들어 올렸다.

손끝으로 가볍게 검날을 튕기자 맑은 검명이 은은히 풍겨나왔다.

티잉~!

"걱정 마십시오. 태사조님."

신응담의 눈가에 더없이 맑은 정광이 흘렀다.

"후우— 읍!"

깊게 숨을 들이쉬고 고요하게 눈을 감는 신응담.

검강을 일으킬 공력은 없으나 화산의 검학만은 그 누구보다 오래 참오해 왔다 자부했다.

또한 천진벽력당을 단죄하는 과정에서 겪은 실전은 흐릿하고 막연하기만 한 검로(劍路)들을 뚜렷하게 만들고 있으니.

두 눈을 감고 좌정한 신응담의 주변으로 미풍처럼 잔잔한 기운들이 속삭이듯 너울지며 어울렸다.

그저 머리카락을 간질이는 정도의 작은 기운들이지만, 시간이 갈수록 점차 또렷한 색채를 지니기 시작했다.

안개처럼 뿌연 기운들은 점점 더 진하게 변하며 어느새 선명하고 또렷한 자주 빛을 품었다.

"후— 웁!"

눈을 번쩍 뜨며 크게 호흡을 갈무리하자 선명한 빛깔의 기운들이 신웅담의 전신으로 거짓말처럼 빨려들어 사라졌다.

"얼씬하지 말라 이르지 않았더냐?"

눈을 뜨자마자 신웅담의 음성이 차갑게 침정궁 밖으로 이어졌다.

"그게, 꼭 나오셔야 할 일이……."

"폐궁한다 말한 것이 고작 보름인데!"

"사! 사제!"

"……?"

처음 목소리는 일대제자 반운산인데 다시 들려온 다급한 목소리는 분명 대장로 손괴였다.

"얼른 나오게. 얼른!"

"……."

"황궁, 황명……. 하여튼 빨리!"

신웅담의 낯빛이 잔뜩 굳어질 수밖에 없었다.

황궁에서 벌인 일이 불현듯 떠오른 것이다.

벌떡 일어서 침정궁 밖으로 다급하게 나설 수밖에 없는 신웅담이었다.

그때까지만 해도 신웅담은 뭔가 좋지 않은 일이 벌어졌을 거라 생각했다.

황궁에 난입해 관인의 목을 쳤으니.

*　　　*　　　*

투두둑! 투툭! 투투투둑!

오십 기가 넘는 말이 길게 한 줄로 열을 지어 협곡과 협곡 사이로 뻗은 길을 내달렸다.

말에 탄 이들은 어깨와 상체를 보호하는 용린갑을 입은 난주 도휘사 소속 병사들이었다.

고합에서 대기 중인 본대에서 고르고 골라 뽑은 정찰병들로 그들의 임무는 가욕관과 그 넘어 옥문관의 정황을 살피는 일이었다.

만일의 사태를 대비해 일렬로 내달리는 이들.

무슨 일이라도 벌어지면 맞서는 것이 아니라 그대로 말 머리를 돌리도록 지침을 받은 병사들이었다.

사소한 조짐이라도 보인다면 후미부터 재빠르게 퇴각해 본대에 보고를 올리기 위한 진형.

그만큼 신중을 기하고 있는 정찰대였다.

당연히 선두에서 말을 달리는 병사는 더욱 긴장한 눈빛이었다.

말고삐를 움켜쥔 손에는 땀방울이 가득했고 전방을 향한 눈은 깜빡거리는 시간마저 허투루 여기지 않을 정도로 신중

했다.

고합에서 벌써 수백 리가 넘게 북상했지만 그사이 인적 하나 마주친 것이 없음을 알기에 한 치의 방심도 허용치 않는 것이다.

그렇게 길게 이어진 정찰대가 협곡의 중심부를 내달리던 때였다.

이히히— 잉!

군말 없이 내달리던 군마들이 갑자기 미친 듯이 요동치며 거친 투레질을 했다.

하마터면 말과 말이 엉켜 큰일을 치를 뻔한 상황, 다행히 기마술에 능한 병사들이라 간신히 날뛰는 말에서 낙마하지 않을 수 있었다.

그럼에도 쉬 진정하지 못하고 요동치는 말 위에서 병사들의 시선이 전방으로 향했다.

"……!"

순간 눈을 부릅뜬 병사들.

사람이 보였다.

협곡 끝자락에서 비척비척 걸어오는 사람의 모습.

마치 산송장처럼 위태위태하게 천천히 걷는 것 같은데 눈 한 번 깜빡일 때마다 그 거리가 순식간에 줄어들었다.

오십이 넘는 병사가 함께 있으니 한 사람을 두려워할 리는 없었다.

하지만 더욱 거칠게 요동치기 시작하는 말들.

고삐를 부여잡고 허리를 조여보지만 말들이 걷잡을 수 없이 날뛰기 시작했다.

그제야 무언가 잘못됐다는 걸 깨달았다.

홀로 걸어오는 사내.

그 뒤를 따라 마치 어둠이 내려깔리듯 협곡으로 시꺼먼 무언가가 뒤덮어 오는 것이다.

"도… 도망쳐!"

선두 쪽에 위치한 정찰대의 수장이 소리치며 고삐를 낚아챘지만, 정작 그 자신은 미처 날뛰는 말을 통제 하지 못하고 땅바닥을 나뒹굴었다.

그런 상황은 앞쪽 정찰대원 대부분이 마찬가지였다.

그나마 다행이라면 후미의 대원 몇이 말 머리를 돌렸다는 것.

협곡을 빠져 나가는 말들이 보였기에 정찰대의 수장은 작게나마 위안거리를 삼을 수 있었다.

"치, 침착해라."

수장이 낙마한 부하들을 독려하며 일으켰다.

"놈은 고작 하나뿐이……!"

칼을 빼 들고 대원들을 일으키던 장수의 얼굴이 푸들거리기 시작했다.

분명 하나였는데.

시꺼먼 어둠과 함께 다가선 사내 뒤로 수십 개가 넘는 사람의 그림자가 보였다.

끄기기기긱!

마치 지옥의 밑바닥에서 흘러나오는 듯한 기괴한 소리가 사내 뒤로 협곡을 집어삼켜 가는 거대한 장막에서 흘러나왔다.

정찰대 병사들의 얼굴이 새하얗게 질려갔다.

거칠게 날뛰던 말들조차 이제 움직이지 못하고 바닥에 주저앉아 바들바들 떨기만 했다.

그냥 떠는 것이 아니라 여기저기 똥오줌을 줄줄 흘려대기 시작했다.

"으으으……."

병사들이 내뱉을 수 있는 것이라곤 그저 비명인지 신음인지 모를 소리뿐이었다.

자박! 자박!

반대편 협곡에서 걸어오는 사내의 발걸음 소리가 또렷해졌다.

"……!"

시뻘건 안광, 아니, 그 눈동자 전체가 용암을 보는 듯 너무도 빨간색을 뿜으며 타오르고 있었다.

열사의 사막에 눈을 내리시고
얼음의 대륙에 불의 비가 내릴 때.
추방당한 왕께서 피의 강에서 다시 일어나시리라.

병사들은 온몸을 부들부들 떨며 어디서 들려오는지도 모를 소리가 천둥처럼 귓속에 박히는 것을 들으며 점점 의식을 잃어갔다.

　　"내 권능이 네 앞을 막지 않는 한 불멸하리라."

第九章

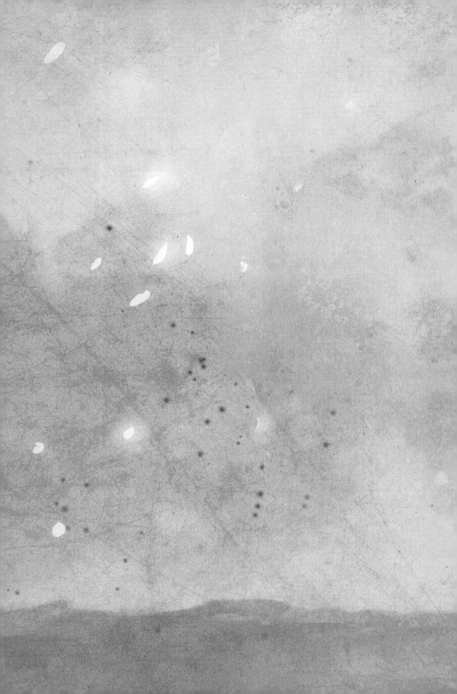

"네에? 배를 말씀이십니까?"

홍괴불은 놀라기도 하고 황당하기도 한 표정으로 염호를 바라봤다.

"그래, 배 말이다. 아주 멀리 갈 거니까 태풍에도 끄떡없는 큰 놈으로."

"대체… 왜 배를 여기서?"

대화를 나누고 있는 홍괴불은 물론이요, 그 옆에 꿔다놓은 보릿자루처럼 앉아 있는 홍화순이나 육조 역시 적지 않게 당황한 표정이었다.

"멀리~ 땅끝까지 한 바퀴 둘러보고 올 생각이니까."

"……"

"……."

"왜? 돈이 없어?"

염호의 말에 홍괴불이 흠칫 몸을 떨었다.

이건 돈이 문제가 아니었다.

그런 정도의 큰 배라면 조정에 만든 대형 군선이나 서역과 바닷길로 원행하는 거대 상단에서도 고작 한 두 척을 소유하고 있을 뿐이다.

그런 배를 왜 흑회에서 찾는단 말인가.

"누가 당장 내놓으래?"

"……."

"지금부터 구해보라는 거지."

그 말과 함께 손가락 하나를 발딱 세우는 염호.

"일 년 안에 말씀이십니까?"

끄덕끄덕!

"그런 배를 어찌 그 안에……?"

"흑회 대가리 정도면 한 달 수입이 황금 칠십 관쯤 되지 않나?"

"헙!"

"그 돈 다 쟁여놨다 죽을 때 싸 갈라고?"

"……."

"좋게좋게 가자."

홍괴불의 눈동자가 이리저리 굴러가는 걸 본 염호의 표정이 싹 변했다.

"속가제자가 외세를 규합, 본 파의 정통성을 훼손하고 양민의 고혈을 빨아먹는 등 매우! 아주! 악독한 문규 위반을 했지."

"헙."

"그거 싹 덮는 걸로."

"……."

"어때?"

부들부들.

홍괴불의 얼굴이 간질 걸린 환자처럼 떨렸다.

순간 '울컥' 눌러 참고 있던 반골 기질이 폭발할 듯한 눈빛이었다.

"문호 정리!"

"……!"

"알지? 침전궁주 신응담이."

"……."

"다시 말하지만 좋게 가자. 니들도 내가 여기서 싹 사라지는 게 좋지 않겠어?"

염호의 말에 맥이 탁 풀려 버린 홍괴불이었다.

아무리 생각해도 이제와 화산파랑 대놓고 붙는다는 것은 무리였다.

그 용천장마저 물러나게 만든 화산파가 아닌가.

더군다나 이렇게 흑회를 속속들이 알고 있는 존재란 것은…….

"주… 준비해 보겠습니다요."

홍괴불이 속으로 피눈물을 흘리며 대답하는 그 순간 누구보다 안도한 것은 홍화순이었다.

그러면서도 머릿속으론 당최 이해할 수 없다는 생각만이 가득했다.

'대체 무슨 생각이시지?'

*　　　*　　　*

항주의 밤은 낮보다도 훨씬 분주했다.

바닷물과 담수가 만나는 전당강 위로 화려한 등불로 치장된 배가 잔뜩 떠 있으며, 물가에는 나룻배를 대고 길가는 유람객들을 유혹하는 기녀들의 콧소리가 가득했다.

흥정하는 손님들과 배에 오르는 이들이 어우러져 만들어내는 항주의 밤 풍경은 불야성(不夜城)이란 말이 그보다 더 잘 어울릴 수 없어 보였다.

"여전하네."

강변이 한눈에 내려다보이는 정자 위에 선 염호의 목소리였다.

바로 뒤에 호위처럼 서 있던 육조가 조심스레 물었다.

"와보신 적이 있으십니까?"

육조는 정말로 궁금한 눈빛이었다.

화산파의 전설적 도사인 검신과 항주라는 중원의 대표적 향락 도시는 그만큼 어울리지 않는다는 생각 때문이다.

"아주 옛날에⋯⋯."

'백 년이 넘었구나. 백 년이⋯⋯.'

염호의 눈빛이 더욱 깊게 가라앉은 채 강변을 바라봤다.

'그땐, 참⋯ 좋았지. 많이⋯⋯.'

천살마공을 익힌 뒤 사부를 떠나 제일 처음 찾았던 곳이 바로 이곳 항주였다.

그때도 흑회의 본거지는 바로 이곳에 있었다.

어린 시절, 그러니까 사부를 만나기 전의 기억을 떠올리며 제일 처음 한 일은 바로 흑회를 털어먹는 일이었다.

짭짤했다.

아니, 짭짤한 정도가 아니라 왕 부럽지 않은 생활을 누렸다.

항주의 기루란 기루는 죄다 섭렵했고, 이름 난 기생은 싹 다 품었던 시절이었다.

'그땐 배를 통째로 빌려⋯ 향심이, 앵란이, 춘애, 란이를 한꺼번에⋯⋯.'

"큼!"

제풀에 화들짝 놀라 헛기침을 하는 염호.

반로환동 후에 가장 달라진 것이 있다면 조금이라도 틈이 나면 여자 생각이 난다는 것이다.

'그게 뭐 어때서?'

염호는 스스로 거리낌이 없다고 생각했다.

밥숟갈 들 힘만 남아도 계집 생각을 하는 것이 사내란 종자다.

하물며 이렇듯 팔팔한 나이와 몸을 가지게 됐는데.

거기다 백 년 세월 가까이 산속에서 온갖 고초를 겪었는데.

전생이라 해도 좋을 천살마군과 한호로 이어지는 질기고 질긴 악연과 인연들마저 깔끔하게 마무리하고 나왔는데.

'꿀릴게 어딨냐고!'

염호가 도리질을 치더니 두 눈에 힘을 빡 줬다.

'젊게 살자, 젊게. 이 정도 보상은 받아도 되잖아!'

"뭐, 좋은 기억이 있으시나 봅니다."

"응?"

"그런 표정은 또 처음 대하는지라……."

육조가 조심스럽게 입을 뗐다.

멀리 둥실 떠 있는 배를 바라보는 염호의 볼이 잔잔하게 푸들거리더니, 입술은 천천히 벌어지는 게 잘하면 침이라도 흘러나올 것 같았다.

뭔가 오묘한 추억을 회상하는 것처럼 보이는 모습.

그렇다고 검신이 항주의 기생들과 어울렸다고는 상상조차 할 수 없는 육조였다.

만일 그 비슷한 일이 있었다고 해도, 근처에서 패악질을 일삼던 무뢰배들을 단죄한 정도랄까.

당시만 해도 젊고 헌양한 도사였을 테니까.

'그 와중에 항주 제일의 기녀와 이루어질 수 없는 사랑을……'

퍽!

"큭!"

"뭔 생각하는지 다 보인다."

"……."

"육조!"

"넵! 검신 어르신!"

"큼. 앞으로 그냥 염 공자라 불러."

"네? 넵. 알겠습니다, 염 공자님."

"그런데 육조야……."

"넵!"

"우리도 배나 한 번 탈까?"

"네에?"

"흠, 흠."

'이! 눈치 없는 놈!'

염호가 말없이 고개만 휙 휙 돌려 강변 쪽을 봤다.

둥실 떠 있는 커다란 배들.

"……?"

육조는 전혀 이해하지 못하고 눈만 크게 뜨고 강변 쪽을 봤다.

아무리 젊어졌다 해도 화산파의 검신이었다.

나이가 무려 삼 갑자(백팔십 년)를 넘긴 검신, 그런 존재가 기녀들과 배 타고 놀고 싶다는 생각을 한다고는 꿈에도 생각지 못했다.

'물을 좋아하나? 하긴 평생 산속에 처박혀 살았으니…….'

육조 나름 눈치를 보며 해본 생각이었다.

"됐다, 됐어."

염호가 신경질적으로 휙 돌아섰다.

그 순간 염호의 눈동자가 살짝 일그러졌다.

멀리 항주 도심에서 헐레벌떡 뛰어오는 이가 딱 눈에 띈 것이다.

"무슨 일이래, 저리 죽을 것처럼 뛰고?"

숨이 꼴딱 넘어갈 듯한 얼굴로 언덕 위 정자까지 미친 듯이 달려오는 홍화순.

"허억! 헉! 태, 태사조님……!"

"왜? 화산에 불이라도 났어?"

염호는 시큰둥하게 말했다.

홍화순이 자신을 찾아 이렇게 헐레벌떡 뛰어온 것만으로도 대강 화산파에 뭔 일이 또 생겼음을 짐작한 것이다.

그게 아니면 홍화순이 이 밤에 자기를 찾아 뛸 일이 무엇이겠는가.

"허억! 더, 더 큰일이……."

"……?"

"황명이, 황명이 내려졌다는 겁니다."

"엥?"

염호가 눈을 동그랗게 뜨고 고개를 갸웃하자 간신히 호흡을 고른 홍화순이 또박또박 입을 열기 시작했다.

"침정궁주를 필두로 옥문관의 괴사를 조사하라는 황명이랍니다."

　"대체 그게 뭔 귀신 풀 뜯어 먹는 소리야?"

　저간의 사정을 전혀 모르는 염호기에 대번에 인상을 와락 찌푸렸다.

　"그러니까… 일전에 취성께서 말한 마, 마교의 일이 아닌가 합니다. 왜, 옥문관에서 만나기로 하신……."

　염호의 구겨졌던 얼굴이 그 상태 그대로 딱딱하게 굳어졌다.

　"자세히 말해."

　"흡……!"

　일순간 염호의 분위기가 싸하게 변하자 홍화순은 저도 모르게 헛바람을 삼켰다.

　"옥문관에 무슨 일이 있기에 조정에서 나섰다는 거냐? 거길 또 왜 신웅담이 가고?"

　"그러니까, 그게……. 장성을 지키는 병사들이 실종되고 주민들도 모두 사라졌다고……."

　"……!"

　"개방에서 바쁘게 움직이는 와중에 저희 쪽으로도 계속 소식이 들어오고 있습니다. 그런데 말입니다. 그게……."

　"주둥이를 찢어줘야 빨리 좀 말하겠냐?"

　"힉! 그러니까 목격자의 말에 따르면 무슨 시커먼 장막 같은 게 하늘을 뒤덮으며 사람을 잡아먹는다고……."

"……?"

염호가 이건 또 뭔 개소린가 하는 표정으로 와락 인상을 찌푸렸다.

확 달라진 염호의 분위기 때문에 홍화순은 정작 전해야 할 말을 망설이다 조심스레 입을 뗐다.

"그 일로 신 장로뿐 아니라 다른 장로분들과 장문인도 함께……."

"뭐?"

"대장로님만 남고 일대제자가 모두 하산하였다고 합니다. 섬서지단에서 올라온 보고니 틀림없습니다."

"허어~! 진무야! 진무야!"

"……."

"거길 니가 왜 따라가니."

'마교 놈들이랑 얽혀서 뭐 좋은 꼴을 본다고!'

염호가 푸념 섞인 목소리와 더불어 긴 한숨을 내뱉었다.

'응? 마교?'

"아까 뭐라고 했지? 검은 장막? 그게 하늘을 덮었다고?"

"네? 네……. 군부의 정찰대가 목격한 사실이라……."

순간 염호의 얼굴이 벼락이라도 맞은 듯 흔들렸다.

"마, 마령(魔靈)!"

"……."

"……."

"흑제! 이 미친놈이 기어코 그걸……!"

순간 염호가 홍화순의 멱살을 번쩍 틀어쥐었다.

"헙!"

"똑똑히 듣고 내 말대로 해라."

끄덕끄덕!

"수단과 방법을, 아니, 할 수 있는 모든 걸 다 동원해서 그쪽으로 못 가게 해."

끄덕끄덕!

"진무나 화산만을 말하는 게 아니야. 사람을 죄다 피신 시켜야 된다, 알았냐?"

끄덕끄덕!

그제야 홍화순을 바닥에 턱 내려놓는 염호.

"돌겠네. 진짜~"

구오오오오!

긴 한숨 섞인 음성 끝에 삽시간 염호의 주변으로 몰려들기 시작한 엄청난 진동.

콰— 앙!

일순간 청석으로 만든 정자의 바닥에 거대한 쇠공에 찍힌 듯한 큼직한 자국이 새겨졌다.

염호의 신형은 벌써 새까만 점이 되어 사라진 후였다.

*　　　　*　　　　*

섬서의 서쪽 끝에 위치한 보계현은 외지인들의 출입이 거의 없는 한적한 마을이다.

남으로는 진령산맥이 자리 잡고 있고 북쪽으로는 끝없는 황토고원이 자리하고 있어, 딱히 오갈 곳이 없는 곳이라 사시사철 늘 조용하기만 한 마을이 바로 보계현이었다.

그 보계현에 한바탕 난리가 일었다.

처음엔 창과 방패, 화살로 중무장한 병사들이 나타났다. 천여 명이 넘는 병사가 마을 외곽에 진지를 구축하고 황토고원 쪽을 수시로 드나들기 시작한 것이니 촌에 박혀만 살던 주민들은 그저 두려움에 떨 수밖에 없었다.

하지만 그걸로 끝이 아니었다.

며칠 뒤 난데없이 수백 명에 달하는 거지 떼가 들이닥친 것이다.

그런데 또 묘한 것이 거지들이 구걸하는 게 아니라 병사들처럼 마을 외곽에 터를 잡더니 수시로 진령산 쪽을 왔다 갔다 하기 시작했다는 것이다.

그리고 다시 며칠이 흘러 지금 마을 안팎에는 온갖 흉흉한 분위기를 풍기는 무인들이 득실거렸다.

무슨 큰 싸움이 난다거나 하는 일이 벌어진 것은 아니지만 평생 촌에만 박혀 살던 주민들은 그저 두려움에 떨 수밖에 없었다.

특히 마을 외곽 폐사당 주변엔 더더욱 살벌한 이들이 모여 있어 아예 그쪽으론 얼씬도 하지 않았다.

청록색 죽장을 든 거지 떼 수십 명이 에워싸고 있는 폐사당 안쪽에서 시시덕거리는 목소리가 흘러나왔다.

"켈켈켈켈. 여기가 옥문관으로 가는 제일 빠른 길이지."

코가 빨갛게 물든 취성이 술 냄새를 풍기며 히죽거렸다. 하지만 마주 선 연산홍의 눈매는 무척이나 굳어 있었다.

"이렇게 허비할 시간이 있으십니까?"

연산홍의 목소리는 차가웠다.

"킁~! 일이 급하다고 되는 것이 아니야."

혼잣말처럼 중얼중얼 대던 취성이 옆구리에 끼고 있던 비취색 호리병을 높이 들어 올렸다. 호리병을 뒤집고 바닥을 탁탁 때려도 떨어지는 것이 없자 연산홍의 뒤쪽을 보며 살짝 눈을 흘겼다.

순간 폐사당 입구에서 안절부절못하고 있던 백발의 거지가 화들짝 놀라 소리쳤다.

"넵! 대령하겠습니다."

그 꼴을 보고 있는 연산홍의 눈빛이 점점 차가워졌다.

상대가 취성이고 자신이 용천장의 장주라는 이유 때문이 아니었다.

옥문에서 염호를 만나기로 약조한 지 벌써 여러 날이 지났다.

가뜩이나 늦었다고 여겨 길을 서둘러야 하는 때에 개방에서 사람이 찾아왔다.

조금 전 술을 구해 오겠다고 냅다 뛰쳐나간 늙은 거지, 바로 개방의 용두방주였다.

그를 따라 이곳에 왔는데 벌써 이틀이나 하릴없이 허비해
버린 것이다.

마음이 더 다급해졌다.

옥문에서 시작된 흉흉한 소문이 날개 돋친 듯 중원 전역으
로 퍼지고 있는 때이니 불안함이 가중될 수밖에 없는 것이다.

그렇다고 이대로 자리를 박차고 나가기도 쉽지 않았다.

그녀의 살짝 일그러진 눈이 취성의 옆을 봤다.

공손히 무릎을 꿇고 앉아 솥에다 개를 삶고 있는 좌복 남곤
이 보였다.

천인혈의 수장이며 용천장의 호법인 남곤 역시 취성의 제자
였다.

열심히 거기다 땔감을 나르고 있는 우복 현월승 역시 취성
의 말이라면 꼼짝을 못했다.

현월승의 사부가 기련산에 있다는데 그 사부와 취성이 둘도
없는 친구라 했다. 거기다 곧 사부와 만날 거라는 말까지 들은
뒤부터 현월승은 뱀 앞에 개구리마냥 옴짝달싹 못했다.

동행한 천인혈과 용천위의 수장 둘이 취성 앞에서 그 꼴을
하고 있으니 연산홍으로서도 난감하기만 했다.

"끌끌끌! 급하다고 되는 것이 아니거늘. 늙은 땡중 마냥 너
까지 왜 그리 급하누?"

"그럼, 불성께선……?"

"벌써 갔지. 벌써~"

"……!"

"춧, 오는 내내 꿈자리 타령을 해대더니 중놈들을 데리고 진작 떠났어. 그러니 걱정 말거라."

"설마……?"

연산홍의 목소리 끝이 떨렸다.

불성이 먼저 떠났다는 말도 의외였지만 함께 데려온 승려들이 있다는 말에 더 놀란 것이다.

소림사의 무승들은 아주 특별한 일이 아니면 세상에 나오지 않는다.

하지만 한 사람이라도 모습을 드러낼 때마다 경천동지할 무공을 선보였으니 그 사실만으로 소림사는 언제나 무림인들의 경외 대상이었다.

그런데 무승들을 잔뜩 데려왔다니?

'십팔나한?'

연산홍의 눈빛이 은은히 흔들릴 수밖에 없었다.

"백팔나한이다. 그놈들이 죄다 내려왔어."

"……!"

"마음 단단히 먹은 게지. 백 년이나 잠자던 마교가 활개를 친다니 아예 소림의 기둥뿌리를 뽑아서 왔지 뭐냐?"

"……."

"그러니 가봐야 할 일이 없을 게야, 쉬엄쉬엄 뒤처리나 하면 되지."

연산홍은 맥이 탁 풀리는 기분이었다.

백팔나한이 하산했다는 말만으로도 취성의 느긋함이 전부 이해됐기 때문이다.

아울러 마교를 맞이하는 불성의 단호한 의지 역시 충분히 느껴졌다.

그럼에도 마음속 한줄기 불안감만은 쉬 떨치지 못했다.

"화산의 꼬맹이 때문이냐?"

"……."

"참 맹랑한 놈이야. 그놈은 걱정할 필요도 없어."

"무슨……?"

"그놈, 지금 항주에 있어. 하여간… 쩝."

취성이 생각하기도 싫다는 듯 휙 돌아 앉아 팔팔 끓는 솥을 보며 입맛을 다셨다.

연산홍은 멀뚱거리며 그런 취성을 바라보기만 했다.

옥문관에서 조우하기로 한 염호가 왜 항주에 있는지 이해할 수 없는 연산홍이었다.

분명 옥문관에서 만나기로.

물론 정확한 날짜를 정한 것은 아니고, 그저 최대한 빨리라는 애매한 날짜이긴 했다.

그러니 당연히 자신이 한참 늦었을 것으로 생각했다.

용천장을 정리하고 오는 데 며칠을 까먹었고 또 여기서 이틀을 지체했으니.

'항주? 항주엔 왜?'

연산홍의 눈동자가 이해할 수 없는 이 상황에 잘게 떨릴 때였다.

"딴생각 말아. 네 짝은 벌써 정해졌으니까."

취성의 느닷없는 말에 연산홍이 고개를 갸웃했지만 취성은 끓고 있는 솥을 보며 한 소리를 더했다.

"네 아비랑도 예전에 이야길 끝내뒀지. 크헬헬헬. 나한테 괜찮은 제자 놈이 하나 있단다."

"……."

*　　　*　　　*

보이는 것이라곤 오직 황토색 산과 협곡뿐인 험준한 지형을 한 무리의 승려들이 내달리고 있었다.

선두를 이끄는 것은 노구의 승려였다.

절벽이 나오면 수직으로 타올랐고 협곡이 나오면 새처럼 날아 길을 열었다.

뒤따르는 승려들 역시 거침이 없었다.

도저히 사람이 다닐 수 없는 길로 보였지만 그들은 거침없이 협곡을 타넘고 절벽을 가로질렀다.

그렇다고 무턱대고 내달리는 것은 아니었다.

선두에 선 노승은 이따금 하늘을 올려다봤는데, 창공 끝자락에 매 한 마리가 보였다.

오랜 벗 취성의 영물 취응이었다.

취응이 길을 이끌고 있기에 최대한 짧은 거리를 잡을 수 있었다.

불성은 취웅이 나는 방향을 보며 쉴 새 없이 내달렸고, 뒤따르는 승려들 역시 결코 흐트러짐 없는 모습을 유지했다.

그 어떤 험난한 지형도 그들의 움직임을 늦추지 못할 것 같았다.

하지만 불성이나 백팔나한승 역시 사람이었다.

인간의 힘으론 건널 수 없는 지형에 도달한 것이다.

불성이 우뚝 멈추자 그 뒤로 백팔 명의 승려가 도열해 가쁘게 오른 숨을 고르기 시작했다.

불성이 협곡 아래로 펼쳐진 싯누런 물살을 보며 나직하게 읊조렸다.

"황하(黃河), 여길 건너면 감숙 땅이다."

백팔나한이 아무 대꾸도 없이 일제히 반장의 예를 취했다.

"등평도수(登平渡水)를 펼쳐 강을 건널 것이니. 능력이 모자란 제자는 사형제들께 의지하라."

백팔나한 모두 미동조차 없는 모습이었다.

이를 본 불성의 주름진 눈가에 흡족한 웃음이 스쳐 갔다.

협곡을 내려가기도 쉽지 않지만, 거친 황하의 물살을 배도 없이 건너는 것은 결코 간단한 일이 아니었다.

하지만 백팔나한 누구도 주저함이 없으니 마음속 가득하던 불안감이 조금이나마 씻겨 나가는 기분이었다.

"길(吉)보다 흉(凶)이 많은 길이다. 각오해야 할 것이다."

"아미타불!"

백팔나한의 일제히 대답하자 불성이 노구를 돌려 협곡 아래를 향해 몸을 날리려 했다.

그 순간 불성이 멈칫하더니 물살의 아래쪽으로 고개를 돌렸다.

굽이쳐 도는 황하를 힘차게 거슬러 오르는 배 한 척.

선두에 꽂힌 황금색 깃대에 새겨진 '금(金)'이란 글자, 금군의 배였다.

불성의 눈이 점점 가늘게 떠졌다.

배가 물살을 거스르는 것이 정상이 아닌 탓이었다.

양옆으로 뻗어 나온 십여 개의 노가 한 번씩 물질할 때마다 배는 거침없이 상류를 향해 쭉쭉 뻗어 올랐다.

아무리 봐도 정상적인 속도가 아니었다.

안력을 힘껏 끌어 올려 갑판 위를 살핀 불성의 눈이 한껏 커졌다.

금군 병사들 사이로 하얀 능라의를 입은 도사 하나가 보인 것이다.

소매에 아래 새겨진 붉은 매화, 화산파의 도사였다.

"힘내라! 난주가 멀지 않았다."

갑판 위에 올라선 신웅담의 목소리가 우렁차게 협곡 사이로 울려 퍼졌다.

그 주변으로 보이는 것은 화산파의 도사들이 아니라 금군의 병사들과 장수들이었다.

그들 금군의 얼굴엔 온통 한 가지 감정밖에 보이질 않았다.

좌불안석.

특히 노실에서 마땅히 노를 젓고 있어야 할 병사들은 갑판 위에 선 채 썩은 음식을 먹은 것처럼 속이 불편한 얼굴들이었다.

그럼에도 감히 진두를 지휘하는 도사를 향해 입을 뗄 수가 없었다.

이번 일에 전권을 맡은 보국공―품계로 치면 정일품에 해당하는 엄청난 위치의 노도사가 서슬 퍼런 음성을 쉬지 않고 토해내기 때문이었다.

"사형들! 힘 좀 내십시오. 속도가 떨어집니다. 젊은 놈들이 왜 힘이 이 모양이야!"

갑판 아래 노실을 향해 이어진 음성, 아래쪽에서 죽는 소리가 들려왔다.

"끄응~!"

"사, 사제……."

"뭍으로 가세. 차라리 달리는 게……."

노실에서 앓는 소리가 계속되었지만 신응담은 들은 척도 하지 않았다.

"안 될 말씀! 조금만 더 가면 난주요. 돌아갈 시간이 없습니다."

"사제, 나 장문인일세."

"흠흠! 장문 사형! 직접 들으셨잖습니까. 모든. 전권을. 이

신웅담에게 일임하신 폐! 하! 의 뜻을!'

"……."

"임독양맥도 타통했겠다 다들 그 넘치는 공력 좀 팍팍 쓰십시오."

노실 안 화산파 도사들은 그야말로 죽을 맛이었다.

장로들이야 불만이라도 토해내지, 일대제자 송자건을 필두로 매화검수들은 평생 처음 해보는 노질에 온몸에 목욕한 듯 땀으로 가득했다.

그럼에도 누구 하나 꾀를 부리는 모습을 보이진 않았다.

그만큼 사안이 중대함을 알기 때문이었다.

다만 장로들만이 신웅담의 뒤끝에 볼이 잔뜩 부었을 뿐.

그때였다.

타탁!

타타타타타타타탁!

갑판 위로 무언가 쉴 새 없이 떨어져 내리는 소리가 들려왔다.

노질을 멈춘 장문인 진무와 장로들이 일제히 갑판 위로 뛰어올랐다.

"아미타불!"

배 위엔 소림의 승려들이 가득 늘어서 있었다.

第十章

난주는 대도시다.

　서역으로 가기 위해선 반드시 통과해야 하는 곳일 뿐 아니라, 청해에서 중원으로 이어지는 황하의 물길이 거쳐 가는 곳이라 척박한 감숙 땅에 있음에도 번화한 도시로 성장한 도시였다.

　청해와 감숙, 섬서를 잇는 물길의 중심지답게 잘 정비되어 있는 포구가 있어 늘 크고 작은 배들로 붐비는 곳이 또한 난주였다.

　그런데 지금 그 난주 나루터에 배는 한 척도 없고 헤아리기조차 어려운 인파가 득실거렸다.

　온갖 짐을 싸 들고 피난길을 떠난 백성들이었다.

관군들이 통제를 시도했지만 도저히 중과부적일 수밖에 없는 상황.

　수천 명의 주민이 아우성을 치고 있는데 고작 백여 명도 되지 않는 관군이 할 수 있는 일은 없는 것이나 다름없었다.

　아니, 그 나졸들 역시 마음 같아선 당장에라도 이곳에서 도망치고 싶다는 표정들이었다.

　도지휘사 병력이 북쪽으로 진군한 지 벌써 한 달이 지났다. 그렇지만 불과 며칠 전까지만 해도 아무 일도 없듯 평온한 날들이었다.

　그러다 갑자기 흉흉한 소문이 나돌더니 걷잡을 수 없는 소요가 시작된 것이다.

　당장 이곳을 벗어나지 않으면 모조리 죽을 것이라는 흉험하기 짝이 없는 소문.

　도대체 어디의 누가 퍼뜨리고 다니는지 모를 밑도 끝도 없는 이야기로 인해 도시 전체가 완전히 마비되어 버린 것이다.

　황당한 것은 옥문관까지 진군한 도지휘사 병력은 오히려 멀쩡하단 사실이었다.

　물론 정찰대가 겪은 일이나 북로군 본진의 행방이 여전히 오리무중이라는 것, 거기다 북쪽 마을의 백성들마저 감쪽같이 증발했다는 것은 여전했지만, 정작 그런 이야기들이 백성들 사이에 나도는 것은 아니었다.

　위쪽에서도 기밀을 유지하며 쉬쉬하는 그런 이야기들까지 퍼진 것은 또 아니라는 것.

그냥 모조리 죽을 거라는 근거 없이 흉흉한 말만 나도는데 난주와 인근 주민들이 일을 다 팽개치고 앞다투어 피난길에 올라 버렸다.

수시로 오가던 배들은 벌써 떠나 보이질 않았고, 뒤늦게 나서 발이 묶인 주민들만이 포구에서 오도 가도 못하고 발을 동동 구르는 상황이었다.

황하의 물길이 막히자 난주는 고립무원이나 다름없는 상태였다.

좌우로 가로막고 있는 산맥과 고원은 도저히 사람이 오갈 수 있는 곳이 아니기 때문.

절망하며 불안해하는 백성들의 소요가 자칫 커다란 폭동으로 이어질 것 같은 조짐마저 일어나는 때였다.

"배, 배다!"

"배가 온다. 저 아래쪽이다!"

군중들 사이에서 터져 나온 소리였다.

그와 동시에 사람들이 일제히 나루터 쪽으로 우르르 몰려들며 한바탕 더한 난리 통이 벌어졌다.

무슨 배가 됐건 일단 앞쪽에서 타고 보자는 마음으로 서로 밀치고 당기며 싯누런 강물로 풍덩풍덩 빠지는 이들까지 속출했다.

관청의 병사들은 손을 놓은 지 벌써 오래라, 오히려 뒤쪽에 물러나 백성들의 눈치만 보고 있는 상황이었다.

"황군!"

또다시 어디선가 터져 나온 목소리였다.

믿기 힘들 정도의 빠른 속도로 물살을 역류하며 다가오는 배의 선두에 꽂힌 깃발을 본 것이다.

아우성치던 주민들의 소요가 약속이나 한 듯 멈춰졌다.

그리고 그 사이로 또 누군가가 주민들을 선동하듯 우렁찬 목소리를 토해냈다.

"황제 폐하께서 보낸 배다!"

"폐하는 우리를 버리지 않으셨다."

"살 수 있다. 모두 길을 비키자."

커다란 목소리가 백성들 사이사이에서 기다렸다는 듯 터져 나왔다.

분위기가 일거에 바뀌더니 나루터로 우르르 몰려들었던 주민들이 주춤주춤 뒤로 물러서기 시작했다.

그때서야 꿔다놓은 보릿자루처럼 멍하니 있던 관군이 움직였다.

'금' 자가 새겨진 깃대를 꽂은 배는 북로군도 아니고 조정의 어림군, 즉 자금성에서 나왔다는 의미를 모르지 않기 때문이었다.

그사이 금군의 배가 속도를 줄이며 나루터에 정박했다.

갑판 위에 도열한 금빛 갑주의 무장과 병사들을 본 백성들이 약속이나 한 듯 환호했다.

"와아!"

"이제 살았다."

"황제 폐하 만세!"

"황제 폐하 만만세!"

일시에 터져 나오는 커다란 외침은 지난 며칠간 그들이 얼마나 마음 졸였는지 단적으로 보여주는 예였다.

때마침 백성들의 환호에 화답하듯 갑판 위에서 우렁찬 목소리가 터져 나왔다.

"길을 열라! 보국공 전하의 행차시다."

처처처척!

갑판 위 장수들이 일제히 배에서 내려 기다란 군례를 취했다.

어림군이 만든 길 사이로 새하얀 능라의를 입은 도사들의 모습이 드러났다.

양옆으로 도열한 어림군의 의전을 받으며 뭍으로 내려오는 화산파의 도사들이 난주 백성들에겐 그저 신선처럼 보일 수밖에 없었다.

신응담을 선두로 장문인 진무를 비롯해 이제 화산팔선이란 거창한 별호로 이름을 드날리기 시작한 장로들이 모습을 드러냈다.

"장문인, 이거 듣던 거보다 분위기가 심각한 거 같습니다."

"흐음. 그렇게 말일세. 주민들이 이렇게 불안한 상태라니……."

"어떻게 검강이라도 한번 단체로 뽑을까요?"

"끄응~!"

뒤쪽에서 들려오는 장로들의 음성과 장문인의 한숨 소리에 신웅담이 와락 인상을 찌푸렸다.

대부분의 장로가 평생을 산속에서 수도만 해왔다.

그나마 장문인 진무나 신웅담만이 두루 세상을 경험했기에 사태의 심각성을 크게 체감하는 것일 뿐.

자신에게 친왕에 준하는 봉작을 내린 일이 얼마나 막중한 책임을 수반한 것인지 여실히 느껴지는 신웅담이었다.

더구나 난주의 예상치 못한 상황에 낯빛이 절로 굳어질 수밖에 없었다.

그나마 다행이라면 막중한 조력자를 얻었다는 것.

"아미타불! 신 장로, 길을 서둘러야 할 것 같소이다."

장로들 뒤편으로 불성의 나직한 음성이 들려왔다.

신웅담 역시 고개를 끄덕일 수밖에 없는 상황이었다.

까마득한 무림의 대선배가 불성이었다. 거기에 백팔나한의 합류는 그 어떤 조력자보다 더욱 큰 힘이었다.

군선을 타기 전 이미 북검회 쪽에 사람을 보냈다 보기 좋게 거절당한 일을 겪었다.

용천장은 아예 생각도 하지 않았다. 전면전이 벌어질 뻔한 대치가 얼마나 지났다고 뻔뻔히 도움을 청하겠는가.

어림군 장수들은 노발대발했지만 신웅담이나 장로들은 충분히 이해할 수 있었다.

특히 북검회 입장에선 눈 아래로 여기는 정도가 아니라 아예 존재 자체를 신경 쓰지 않던 곳이 화산파였다.

지금이야 무시 못 할 위세를 보인다지만 그 아래로 들어가 명령을 받는 일을 감내할 수 없는 것도 분명했다.

　하는 수 없이 화산파 도사들과 어림군만이 난주로 향하던 때.

　그야말로 느닷없이 불성에다 백팔나한까지 합류하게 되었으니 천군만마가 따로 없었다.

　갑판에 있는 일대제자들만 해도 백팔나한과 교대로 노질을 했기에 다시 쌩쌩한 상태가 될 수 있었다. 예상보다 훨씬 빨리 목적지에 도달한 것도 다 뜻하지 않은 소림 승려들의 합류 때문임을 너무나 잘 아는 신웅담이었다.

　물론 그로 인해 마음이 더욱 무거워진 것도 어쩔 수가 없었다.

　천하에 겁란이 일지 않으면 절대 숭산을 벗어나지 않는다는 소림의 백팔나한.

　그들이 하산했다는 의미가 또 얼마나 큰지 충분히 느끼는 탓이었다.

　그럼에도 신웅담은 조급함을 지워냈다.

　"노 선배님, 코앞의 백성들의 위난을 외면할 수 없지 않습니까?"

　신웅담은 담담한 목소리였다.

　불성이란 이름 앞에서도 결코 주눅 들지 않았다.

　불성이 코 흘리게 시절에 벌써 천하제일으로 이름을 날린 검신 태사조와도 거리낌 없이 대거리를 해온 신웅담이다.

그 경험은 허둥거리는 장문인이나 장로들과 달리 평정심을 유지하게 했고, 불성은 '과연'이란 눈빛을 지우지 못한 채 신응담을 대했다.

일견하기에도 공력이 가장 낮아 보이는 신응담이 수장이 된 이유를 알 것 같았기 때문이었다.

불성은 묵묵히 신응담의 의중에 동조하면서도 화산의 이름이 결코 검신 하나에 의존하지 않음에 크게 탄복했다.

게다가 배를 탄 덕분에 최소 하루의 시간을 단축했기에 신응담의 뜻을 따르는 데 주저함이 없었다.

"난주 현령은 어디 있는가?"

신응담의 차가우면서도 커다란 음성이 울리자 여기저기 움찔 하는 이가 속출했다.

잠시 뒤 쭈뼛쭈뼛 중년의 관병 하나가 앞으로 나섰다.

"포두 강만정이라 합니다요."

굳은 얼굴의 신응담과 달리 양옆에 도열한 어림군 장수들이 인상을 잔뜩 찌푸렸다.

포두 정도의 인물이 나설 자리가 아니라는 무언의 압박. 이를 느꼈는지 강만정이란 중년 포두는 화들짝 놀라 머리를 조아렸다.

"현령께선 지휘사 대인과 함께 옥문관 쪽으로……."

"이놈! 현청의 관리가 제자리를 지키지 않고 왜 전장에 나선단 말이냐! 바른대로 고하지 못할까?"

황금빛 투구를 쓴 어림군의 별장이 일갈을 내지르자 중년 포두가 바닥으로 털썩 엎드렸다.

"사, 사실은 그리 말하라고 시키시곤 그젯밤……."

가족들과 함께 몰래 관선을 타고 야반도주를 했다는 말이었다.

"이런 쳐 죽일 놈을 보았나!"

어림군 별장이 당장 현령을 잡아다 목을 칠 기세로 소리치자 신응담이 앞으로 나섰다.

"그 일은 후일 관가의 법대로 처리하면 될 것이고."

금군의 별장이 고개를 숙이며 물러서자 신응담의 날카로운 눈매가 엎드린 포두와 그 뒤편에 선 관병들, 그리고 그 너머에서 두려운 얼굴로 서 있는 백성들을 훑었다.

"대체 일이 어떻게 돌아가기에 사태가 이 지경에 이르렀는가?"

신응담의 음성은 전보다 훨씬 부드러웠다.

어르고 달래기를 능숙하게 하는 그 모습에 뒤편에 선 장로들이 '우리 막내에게 저런 모습이 있었나' 하는 얼굴들이었다.

"그, 그것이 수상한 소문이 나돌아서……."

"소문?"

"그게 곧 다 죽을 거라는 이야기가 파다하게 퍼졌습니다. 사람들이 죄다 도망치려는 것도 다 그 때문에……."

주저주저 하며 말문을 여는 포두를 향해 있던 신응담의 눈초리가 다시 차갑게 변했다.

획!

일순간 사나운 그 눈이 잡아먹을 듯 백성들을 향했다.

여기저기 움찔 몸을 떠는 이들, 신웅담이 입가에 고소를 지었다.

백성들 사이사이 수상한 자들이 있음을 느낀 것이다.

"나서라!"

"……"

"썩 나서지 못할까?"

신웅담이 공력을 담아 소리치자 천둥벽력 같은 소리가 울리며 주민들이 일제히 몸을 떨었다.

그때서야 그들 사이사이에서 쭈뼛거리며 나서는 이들이 있었다.

"……?"

신웅담의 얼굴이 살짝 일그러졌다.

생각보다 너무 많은 숫자였다.

얼핏 봐도 수십 명에 이르는 숫자, 그중엔 거지 차림의 무림인도 상당수가 포함되어 있었다.

'개방?'

신웅담이 개방의 방도를 모를 리 없었다.

그런데 개방 방도들 말고 뭔가 무림인은 아닌 것 같으면서도 요상하게 나쁜 분위기를 풍기는 이가 잔뜩 보였다.

"개방 난주 분타주 번위라 하외다."

대표로 나선 이는 오십 줄은 되어 보이는 왜소한 체구의 거지였다.

"화산의 신웅담이오. 영문을 물어도 되겠소?"

상대가 개방의 분타주임을 알자 신웅담도 예를 차렸다.

"비매절영? 헛, 실례를……."

번위는 화들짝 놀랐다가 황급히 한 번 더 예를 차렸다.

온갖 정보에 능통한 개방이니 신웅담에 대해 너무 잘 아는 탓이다.

개방의 분타주라면 타 문파에선 장로 대우를 받을 정도였지만 번위는 더욱더 조심스러웠다.

보국공이란 직책도 대단하지만 황성에 난입해 금의위 수장 육도금의 목을 벤 일화만 봐도 신웅담이란 도사의 성정이 어떠할지 능히 짐작됐기 때문이었다.

번위는 더욱 조심스러운 태도로 입을 열었다.

"일의 전말은 이 친구에게 들어야 할 것입니다."

번위가 한 발을 물러서자 그 뒤편에서 비단 옷을 입은 엄청나게 뚱뚱한 체구의 중년 사내가 나섰다.

"조당이라 합니다."

"……?"

신웅담은 대꾸 없이 살짝 눈살만 찌푸렸다.

아무리 봐도 무인이 아니었다.

그렇다고 상인이라고 보기도 뭔가 애매하게 음습한 분위기를 풍기는 사내였다.

"옥문상회의 주인인데 사실, 장성 밖 밀수가 전문인 친구라……."

"크허험!"

번위가 나서 설명을 하려는데 화들짝 놀란 조당이 기침을 토했다.

포두와 포졸들이 가득하고, 조정에서 나온 금군이 주르륵 늘어선 앞에다 대고 본업을 까발리다니.

식은땀을 뻘뻘 흘린 조당이 황급히 말을 이었다.

"사실 위에서 명이 내려왔습니다. 주민들을 모두 대피시키라는."

"위?"

신웅담이 눈살을 와락 찌푸리자 조장이 말끝을 흐렸다.

"그게……."

조당의 얼굴은 이제 흘러내린 땀으로 세수를 해도 될 지경이었다.

눈앞의 도사가 흑회의 존재를 알지 모를지도 모르거니와 공공연히 이곳에서 자신의 신분을 노출시키기도 힘들었기 때문이다.

그때 다시 번위가 나섰다.

"밤 무림이라 불리는 세력이 있습니다. 온갖 직종에 있는 자들이 모여 만든 흑회라 하며, 그 정보력은 결코 개방에 못지않습니다."

신웅담이 고개를 낮게 고개를 끄덕였다.

그 역시 들어본 적은 있었기 때문이었다. 그렇다고 싸늘한 태도가 변할 이유는 전혀 없었다.

"하면 이 분란을 조장한 이유는?"

점점 차가워지는 신웅담의 음성.

조당은 한참을 주저주저 하다 신웅담의 눈길을 이기지 못하고 입을 뗐다.

"태사조님의……."

"뭐라?"

"화산파 태사조님이 흑회 방주님께 직접 내린 명령이었습니다.

"……!"

"……!"

놀란 것은 신웅담만이 아니었다.

사태를 지켜보고 있던 화산의 장로들 역시 마찬가지.

특히나 장문인 진무는 앞뒤 가릴 것 없이 어느새 신웅담 옆으로 뛰쳐나왔다.

"태사조님께서?"

"……."

당황한 조당이 말을 못하고 눈만 끔뻑이자 신웅담이 진무를 가리켰다.

"본 화산의 장문진인이시다."

"헉!"

"흡!"

이번에 조당이나 번위가 화들짝 놀랐다.

화산 장문 선광우사(仙光羽士) 장진무, 그 이름이 죽은 여양종을 대신해 새로운 천하십강에 거론되고 있음을 알기 때문이었다.

"그래, 본 파의 태사조님이 어떤 명을 내리셨소?"

진무의 음성은 다급함 속에도 절제가 있어 대답하는 조당을 그나마 편안케 했다.

"모두 대피하라는."

"……!"

"예외 없이. 그리고 또… 여기서 기다렸다 화산파 도사분들께서 오시면 똑똑히 전하라 했습니다. 도망치라고……."

"……."

"관군들이고 뭐고 죄다 피해야 산다는 말까지도……."

"……."

*　　　*　　　*

새하얀 뭉게구름이 푸른 하늘 가운데 둥실 떠다녔다.

청명한 봄 햇살이 구름을 지나 신록으로 푸르러 가는 산자락을 내비치는 때였다.

슈아악―!

갑자기 바람이 하나로 모여 터져 나가는 듯한 기음이 터져나왔다.

파팟! 팟! 팟!

뭔가 시꺼먼 그림자가 구름을 뚫고 쉭 사라진 뒤 풍성해 보이던 구름 모양이 잔뜩 일그러졌다.

뭔가에 빨려 들어간 듯 그림자가 지나간 자리를 따라 구름이 기다랗게 늘어선 것이다.

슈— 아— 아!

"헉! 헉!"

창공을 가로질러 가는 시꺼먼 그림자에서 단내 나는 숨소리가 토해졌다.

등 뒤로 커다란 도낏자루를 메고 있는 소년이 빛살처럼 하늘을 날고 있었다.

"안 된다. 안 돼! 니들 다 죽어."

조화경에 이른 공력을 지닌 염호임에도 불구하고 얼굴에는 무성한 땀방울과 먼지로 가득했다.

항주를 출발한 지 나흘째.

단 한순간도 멈추지 않고 날아 진령산까지 이르렀다.

산맥을 넘으면 위하고 그 강을 건너면 황토고원, 거기서 다시 황하가 나오고 나서야 감숙 땅이다.

멀게 느껴지지만 이 속도를 유지할 수만 있다면 해가 떨어지기 전이면 도달할 수 있는 거리였다.

"으드득!"

이빨이 부러져라 깨무는 염호.

구만리 길을 쉬지도 않고 주파했으니 아무리 천의무봉의 공력을 지녔다 해도 이상이 생기지 않을 턱이 없었다.

하지만 염호는 멈출 수 없었다.

"흑제! 이! 미. 친. 놈!"

모든 울화와 분노를 한꺼번에 담아 터뜨린 염호.

슈— 아— 아— 앙!

이전보다 더욱 강렬한 파공음과 함께 염호의 신형이 끝없이
펼쳐진 진령산맥을 넘었다.

위하의 강줄기를 지났을 때 염호는 탈진하기 직전이었다.

더 이상 극심표를 극성으로 펼칠 공력조차 남아 있지 않은
상태.

아니, 그보다 더한 것은 극심한 갈증과 배고픔이었다.

공력이란 공력은 죄다 끌어 극심표를 운용하는 데 써버렸더
니 몇 달을 굶어도 끄떡없던 뱃속까지 탈이 나버린 것이다.

그럼에도 염호는 잠깐도 쉴 수 없었다.

찰나의 모자람 때문에 소중한 이를 가슴에 묻어본 경험을
했기 때문이었다.

'진무야! 이 순해 빠진 말코 놈들아! 제발 기다려라, 기다려
야 한다!'

슈아앙—!

한 올의 남은 공력까지 쥐어짜고 또 쥐어짜는 염호.

그 다급함은 오직 이 길 끝에 무엇이 있는지를 아는 탓이었다.

마령(魔靈)!

떠올리는 것만으로도 몸서리쳐지는 존재.

그걸 떠올리는 순간 염호 역시 한계를 느꼈다.

속도가 줄기 시작한 것이다.

염호는 보계현 상공을 지나 천수에 이르렀다. 일단 물 한 모금이라도 마셔야 할 상황이었다.

거기에 운기조식 한 번이면 다시 멀쩡히 공력이 돌아오리란 것도 잘 알았다.

여태 날아오며 그 짬을 한 번 낼 수가 없었다.

그 즈음에서야 염호는 땅 아래쪽을 살필 겨를이 생겼다.

위하의 발원지인 천수가 보였다.

황토고원으로 가는 진입로기도 한 곳, 목을 축이기 위해서라도 내려가야 할 때였다.

"으잉? 쟤들은?"

염호의 눈에 들어온 수많은 무인, 황무지 고원을 건너기 위해 식수를 담고 있는 무리였다.

그 가운데 유독 낯익은 얼굴이 한눈에 들어왔다.

염호는 더 망설이고 말고 할 것도 없이 그 앞으로 벼락처럼 떨어져 내렸다.

슈악—!

쾅!

염호의 갑작스런 등장.

차창! 창! 창! 창!

한가하게 물을 뜨던 무인들이 소스라치게 놀라며 병장기를 뽑느라 난리였다.

그 가운데 청아한 음성 한줄기가 들려왔다.

"여… 염 공자님?"

*   *   *

"허어~ 일을 어쩌나."

"태사조님의 엄명이라니."

"이거 참……."

화산파의 장로들이 하나같이 난감한 표정으로 주변의 눈길을 살폈다.

황명을 받아 동행한 어림군도 그렇지만 불성이나 소림 승려들 앞에서도 난감하기만 했다.

"그렇다고 그냥 돌아갈 수도 없지 않습니까?"

옥허궁의 서림이 조심스럽게 입을 떼보지만 장문인 진무나 침정궁주 신응담은 벌써 마음을 정한 듯 보였다.

두 사람의 눈이 서로를 향했다.

눈빛만으로도 같은 생각임을 느낀 진무가 나직한 음성을 뱉었다.

"태사조님의 명이시다."

"……."

"……."

진무의 낮게 깔린 목소리에 장로들이 일제히 자세를 바로 하더니 눈빛이 엄정하게 변했다.

태사조의 명령.

그거면 충분했다.

언제부터 화산파가 황명을 따랐고 언제부터 화산파가 소림사를 어려워했단 말인가.

그 모든 것에 앞서 화산파 최고 어른이며 하늘같은 존재 태사조가 다급하게 전해온 명령이었다.

화산의 제자가 이를 따르지 않으면 무엇을 따라야 한단 말인가.

신응담이 뒤돌아 불성을 향했다.

"빈도 신응담, 기사멸조의 죄를 범할 수는 없습니다. 노선배께 양해를 구합니다."

신응담이 공손하지만 비굴하지 않은 태도로 입을 뗐다.

화산은 이곳에 남을 터이니 먼저 가라는 뜻이었다.

이를 듣는 불성의 눈빛이 참으로 그윽했다.

'선재, 선재. 화산의 영화가 오래도록 이어지겠구나.'

불성이 마주한 신응담과 화산파 도사들을 보며 나직하게 고개를 끄덕였다.

황명이란 엄청난 압박감 속에서도 문규와 원칙의 분별이 있으니 그 뜻을 존중하지 않을 수 없는 것이다.

잠시 말이 없던 불성이 하늘을 올려다봤다.

밤마다 꿈속에 부처가 나타나 피를 흘리며 자신을 꾸짖기를 벌써 여러 날이었다.

그럼에도 이제 화산파 도사들을 보니 마음 한편이 놓이는 기분이었다.

그사이 멀리 북쪽 하늘 위에서 선회하며 맴도는 취응이 보였다. 영물인 취응이 길을 재촉하지 않음을 보며 불성 역시 마음을 정할 수 있었다.

"노납과 소림은 화산과 함께할 것이외다."

"……!"

"검신 선배의 뜻을 이은 소태사조가 내린 명이 아니겠소? 분명 깊은 곡절이 있을 터. 아미타불!"

"……."

신응담이 적잖이 놀란 눈으로 불성을 바라보다 고개를 꾸벅 숙였다.

그 또한 쉽지 않은 결정임을 아는 탓이었다.

더불어 중원삼성, 그중 불성이란 이름이 지닌 무게와 깊이가 새삼 크게 다가오는 느낌이었다.

신응담은 불성에게 한 번 더 예를 표한 뒤 뒤돌아섰다.

어쨌든 이 자리에 좌장은 황명을 받은 자신임을 망각하지 않았기 때문이다.

"어림군 별장 고적은 들으라."

"하명하십시오."

동행한 장수가 황급히 군례를 취하자 신웅담은 더없이 딱딱 끊어지는 목소리를 뱉었다.

"이곳에 머물며 백성들을 먼저 피난시킬 것이니 그리 알라."

"하, 하오나……?"

어림군 별장 고적의 얼굴이 흙빛이 되어버렸다.

전권을 보국공에 일임했으니 따르는 것이 당연한 도리. 단순히 옥문관으로 진군하지 않았기에 나온 반응이 아니었다.

어림잡아도 수천에 이르는 백성을 대체 무슨 수로 피난시킨단 말인가.

"후군이 도착하는 데 얼마나 걸리겠는가?"

연이어진 신웅담의 물음에 별장 고적이 난색을 표했다.

함께 출발한 어림군의 수가 무려 천오백이었다.

어림군 병사 천오백, 최하 직급이 구품의 무장이니 자금성을 지키는 정예 중에 정예라 할 수 있는 이들이었다.

군선 열 척에 나눠 탄 그들이 도착하려면 최소한 닷새에서 엿새는 더 지나야 할 터.

화산파 장로들과 일대제자들이 노를 저은 배가 그만큼이나 빨랐다는 뜻이다.

"하오나, 보국공 전하."

별장 고적이 조심스럽게 신웅담을 불렀다.

"군선이라 해야 열 척이고, 아무리 많이 태운들 이들을 다 피신시킬 수는 없지 않겠습니까."

"흐음."

신응담의 미간이 일그러졌다.

별장의 말이 틀리지 않았기 때문이었다.

몰려든 백성의 수가 그만큼이나 많다는 것을 인지하고 있는 것이다.

신응담이나 장로들, 금군의 장수들 역시 난감한 표정을 지울 수가 없었다.

"저……."

옥문상회의 주인이라는 뚱뚱한 중년인 조당이 한 걸음 나섰다.

"배 때문이라면 너무 걱정하실 필요가……."

"……?"

"잠시만 기다리시면……."

조장이 우물쭈물하면서 황하의 상류 쪽을 향해 시선을 던졌다.

신응담을 비롯한 이들이 영문을 모르겠다는 표정으로 그쪽을 바라볼 때였다.

"지금쯤이면 도착할 때가 됐을 겁니다요……."

조당의 조심스러운 음성이 한 번 더 이어질 무렵 상류 쪽을 쳐다보던 신응담의 눈동자가 부릅떠졌다.

콰콰콰콰콰!

거친 황토색 물살을 굽이쳐 커다란 굵은 통나무 하나가 보이기 시작했다.

잠시 뒤 통나무의 숫자가 점점 늘기 시작하더니 머잖아 널 따란 강폭 전체에 길이 깔리듯 떠내려온 통나무들로 메워지기 시작했다.

"와하하하하! 많이 기다렸느냐?"

웃통을 벗은 우람한 근육의 털보 사내가 보였다.

호탕한 웃음소리를 토해낸 사내, 그가 올라탄 통나무들은 새끼줄로 엮인 커다란 뗏목이었다.

그가 탄 뗏목 뒤로 무수한 수의 뗏목이 줄지어 내려오고 있었다.

지켜보던 백성들은 술렁일 수밖에 없었고, 영문을 몰라 하는 신응담과 장수들은 당황한 표정일 수밖에 없었다.

"청해 벌목장의 관초라는 놈입니다. 저희랑은 또 한 식구지요."

조당이 뿌듯한 얼굴로 입을 떼자 신응담은 쩍 벌어지려는 턱을 간신히 부여잡았다.

"하면 저들도 다?"

"네, 전부 화산 태사조님의 명을 따라 저희 방주님께서 지시하신 일입니다요."

"허어……."

조당의 자부심 넘치는 목소리에 신응담의 입에서 나직한 탄성이 흘러나올 수밖에 없었다.

"어디에 계시든 이렇듯 소손들을 이끌어주시다니……."

신응담은 울컥 목이 메여왔다.

"오오! 태사조님!"

"크흑!"

"역시!"

뒤따라 장로들이 격한 감정을 토해냈고, 장문인 진무는 입을 꽉 다문 채 두 눈을 감은 뒤 떨어지려는 눈물을 애써 삼켰다.

"크윽. 어르신!"

"선재, 선재! 과연 검신의 후인이로다."

연이어진 불성의 나직한 음성.

그리고 신응담의 우렁찬 목소리가 토해졌다.

"어림군과 난주 관병들은 백성들을 태우도록 하라."

"와아!"

"어림군 만세!"

"화산파 만세!"

"화산파 만만세!"

이제껏 숨죽였던 주민들의 격정 어린 환호가 난주 나루터를 가득 메웠고, 그 가운데 자리한 화산파 도사들의 얼굴은 더없는 자부심으로 물들어갔다.

*   *   *

"푸하학."

맑은 물속에 머리를 박고 있던 염호가 거친 숨소리와 함께 고개를 쳐들었다.

"하아~!"

일단 죽을 것 같던 갈증을 해결하고 나자 비로소 주변의 수많은 시선이 따갑게 느껴졌다.

그래도 그동안 벌인 일들이 있어서인지 낯익은 얼굴도 여럿이었다.

"염 공자님, 오실 것이라 믿었습니다."

용천장의 연산홍이었다.

그녀의 목소리 끝이 약간 떨렸다.

너무나 예기치 않은 상황과 장소에서 염호를 마주쳤지만 그녀의 눈에는 더없는 신뢰가 가득했다.

그 눈길이 잠시 한쪽 구석에서 빨간 코에 잔뜩 인상을 찌푸리고 있는 취성을 향했다.

'어찌 된 거죠?'

취성을 향한 그녀의 눈길이 싸늘했다.

일부러 이간질을 한 것이 아니라면 얼마 전까지 항주에 있다던 염호가 눈앞에 나타날 리 없는 것이 아니겠는가.

"끙~!"

취성은 답변도 제대로 못하고 애먼 소리만 토했다.

상식적으로 항주에서 여기까지 몇 만 리가 넘는 거리를 나흘 만에 날아왔을 거라곤 상상도 하지 못한 것이다.

취성을 향해 눈을 흘긴 연산홍이 염호 앞으로 한 발 더 다가갔다.

"좀만 기다려."

"……?"

염호가 한마디를 툭 내던지더니 그대로 좌공을 시작했다.

연산홍이 잠시 놀라더니 두 눈을 감은 염호 앞에 우뚝 섰다.

운기행공을 시작한 염호.

완전히 무방비 상태나 다름없는 상황을 자신에 맡긴 것이다.

그 신뢰에 화답하듯 연산홍의 무심한 눈이 주변을 싸늘하게 훑었다.

마치 호법이라도 되는 양 염호 앞을 지켜 선 연산홍의 모습에 주변의 반응이 각양각색이었다.

그녀를 수행해 온 남곤과 현월승, 거기다 천인혈과 용천위무인들은 염호의 등장 직후 바짝 긴장하며 몸을 떨기 시작한 것이 확연히 보였고. 취성이나 개방의 고수들은 뭐가 어떻게된 일인지 몰라 고개를 갸웃했다.

그들과 달리 명백한 적의와 반감을 표한 것은 또 다른 무리였다.

"흥! 천지분간 못할 어린놈이, 건방지구나."

검성 엽무백이었다.

은회색 눈썹이 염호를 향해 꿈틀거리는 것이 노골적으로 분노를 감추지 않았다.

황명을 등에 업었다고 화산파 따위가 감히 북검회를 움직이려 했으니, 그동안 첩첩이 쌓인 분노까지 한꺼번에 눈앞의 염호를 향한 것이다.

"사부님? 저자는?"

천룡검 장강옥이 조심스레 검성에게 물었다.

폐관을 끝내고 다시 세상에 나온 장강옥 역시 마교 토벌의 선봉에 서기 위해 이곳에 왔다.

그의 뒤로 현무단과 주작단, 백호단과 청룡단 무인 이백여 명이 날 선 기도를 감추지 않고 서 있었다.

북검회 사대무단 전부가 대동된 것이다.

그만큼 검성 역시 이번 일의 중함을 알고 있는 상황. 아울러 땅에 떨어진 북검회의 이름을 다시금 만천하에 알리고자 단단히 마음먹은 것이다.

"검신의 제자라는 아이다. 맹랑한 놈이지."

검성의 음성은 싸늘했다.

하지만 듣는 장강옥도 그럴 수는 없었다.

검신이란 말만 듣고도 온몸이 한기에 휩싸인 듯 파르르 떨었다.

떨쳐냈다 여긴 그 무게와 두려움이 생생하게 전해지는 느낌이었다.

"흥! 죽은 검신도 아니고 그 제자 따위!"

"……."

"강옥아, 두려워 말거라. 이 사부를 잘 알지 않느냐?"

"네에, 사부님."

장강옥이 다시금 눈에 힘을 바짝 주자 검성이 흡족한 눈으로 고개를 끄덕였다.

"너는 한천의 여식을 취할 방도를 궁구하여야 하느니. 저 아이를 얻으면 천하를 얻은 것이 아니겠느냐."

장강옥의 시선이 천천히 연산홍을 향했다.

어린 소년 앞에 서천의 신장인 듯 위엄 있는 모습으로 서 있는 그녀. 그럼에도 그녀의 온몸에서 아릿한 빛이 뿜어지는 느낌이었다.

"명심하겠습니다, 사부님."

낮게 대답하는 장강옥의 얼굴에 옅은 홍조가 피어올랐고 그 눈은 연산홍에게서 떨어질 줄 몰랐다.

후우우우우웅!

"......!"

"......!"

차 한 잔 마실 시간도 되지 않아 염호의 주변으로 공기가 격하게 울리는 소리가 퍼져 나왔다.

후아아악!

떨리던 공기가 한꺼번에 염호를 향해 빨려 들어가는 듯한 소리가 연이어지더니 염호가 눈을 뻔쩍 떴다.

자리를 털고 일어선 염호가 주변을 재빠르게 훑었다.

등을 지고 있던 연산홍 돌아서 염호를 마주 봤고, 염호가 버릇처럼 제 볼을 긁적이더니 한마디를 툭 내뱉었다.

"고맙네. 쩝."

"별말씀을… 그런데 염 공자님……."

"아! 미안. 급해서."

"……?"

"간다."

고오오오오!

극성의 극심표가 펼쳐지기 시작한 순간.

쾅!

주변의 지면이 움푹 파이며 염호의 신형이 빛살처럼 치솟았다.

"염 공자님!"

당황한 연산홍이 목소리를 높였을 때.

─그냥 여기 있어. 가면 니들은 다 죽어!

까마득한 어딘가에서 아스라이 들려오는 음성이었다.

第十一章

석양이 붉게 드리울 때가 돼서야 백성들이 모두 난주 나루
터를 빠져 나갈 수 있었다.

　포구에 남은 배라곤 이제 선응담 일행이 타고 온 군선 한 척
과 뗏목 하나뿐이었다.

　"자네들은 안 갈 텐가?"

　흑회 사람들을 향한 신응담의 목소리는 처음과 달리 무척이
나 부드러웠다.

　개방의 방도들이야 본래 무림인이라 큰 걱정이 없지만 흑회
쪽 인물들은 무인이라고 할 수 없는 이가 태반이었다. 그런 이
들의 도움으로 큰 어려움을 해결했으니 당연히 고마운 마음과
걱정이 교차할 수밖에 없었다.

하지만 아직 남아 있던 흑회 인물들은 어찌해야 할지 갈피를 잡지 못하는 모습이었다.

"저… 하면 피하지 않으실 겁니까요?"

조당이 대표로 나서 물었다.

방주로부터 내려온 명령은 화산파나 관군들 모두 피해야 한다는 것이었다.

그러니 자신들만 쏙 빠져나갈 수가 없는 입장인 것이다.

"걱정 말고 가게. 우린 이곳에서 태사조님을 기다릴 것이니."

"네, 알겠습니다."

조당도 조금은 안도한 표정으로 고개를 끄덕였다.

실질적으로 자신들이 뭘 더 할 수 없다는 것을 알기 때문이었다.

조당이 흑회 쪽 사람들을 이끌어 마지막 뗏목에 탔다.

군선이 하나 더 남았으니 위급한 순간 알아서 피할 수 있을 것이란 생각과 함께.

그렇게 마지막 뗏목이 나루터를 떠나기 직전이었다.

끼아아악!

창공에서 매 한 마리가 소름끼치는 울음을 내지르며 나루터 쪽으로 하강했다.

그 소리가 얼마나 큰지 공력이 약한 이들은 화들짝 놀라 귓

구멍을 틀어막아야 할 정도였다.

그 순간 시꺼먼 그림자 하나가 불쑥 치솟아 매를 낚아챘다.

불성이었다.

"무슨 일인고?"

끼아아악!

취응이 기겁한 듯 울음을 연이어 토하자 불성의 인자한 표정에도 깊은 골이 났다.

그때였다.

"사부니임!"

"……!"

"도망! 도망! 도망쳐야!"

난주의 서북쪽으로 우뚝 솟은 기련산 자락을 넘어 누군가 맹렬한 속도로 쏘아져 왔다.

허름한 승포 자락, 목에 건 기다란 염주, 치렁치렁한 머리카락에 빛나는 듯 얼굴의 사내.

"소화야!"

불성이 놀람을 감추지 못하고 목소리를 높였다.

쿵! 쿵! 쿵! 쿵!

그 뒤로 엄청난 덩치에 커다란 망태기를 가슴에 끌어안은 사내가 쩌렁거리는 발소리를 내며 산자락을 뛰어 내려왔다.

"같이 가유~! 같이 가유~!"

미친 듯이 도시 쪽으로 뛰어오는 광치와 그보다 한발 빠르게 신형을 날리고 있는 소화.

그 요란한 모습에 불성이나 백팔나한이 모두 적잖이 놀라는 모습이었다.

마땅히 기련노조와 함께 옥문관에 있을 것이라 여긴 두 사람이 이곳에 나타났기 때문.

그런 사정을 전혀 모르는 화산파 도사들도 놀라기는 마찬가지였다.

언뜻 보기에도 그들의 경신공부가 고절한 경지임이 느껴졌고, 그런 이들이 다짜고짜 도망치라는 말을 내뱉으며 달려오고 있으니 의문과 긴장감이 함께 일 수밖에 없는 상황이었다.

그 순간 함께 자리에 있던 불성의 신형이 촛불처럼 꺼지며 산자락 초입 쪽에서 불쑥 솟아났다.

"소화야!"

"허억, 헉, 헉, 사, 사부님."

온통 땀과 먼지로 범벅이 된 소화가 거친 숨을 토해내며 불성을 올려다봤다.

"대체 무슨?"

불성의 눈에 근심과 걱정이 가득했다.

도화의 액을 타고난 소화였다.

여자로 태어났으면 경국지색, 화용월태 소리를 들었을 외모지만 사내로 태어나 평생 여인들과 얽히다 급살을 맞을 팔자인 것이다.

출가해 승려가 될 인연도 없어 밖으로 나돌 땐 반드시 망태기 속에 모습을 감추라 엄명까지 내린 것.

그럼에도 타고난 오성은 한천 연경산을 능가해 당대 소림의 무승들 중엔 적수를 찾을 수 없었다.

이는 이미 소화의 무공이 과거 강호를 평정한 한천과 버금간다는 의미기도 했다.

그런 소화가, 불성 자신에다 백팔나한까지 있는 이곳에 나타나 다짜고짜 도망치란 말을 터뜨린 것이다.

거기다 그 몰골이란 며칠 밤낮을 무언가에 다급하게 쫓겨 다닌 꼴이었으니.

"흐엉! 땡중 할배! 괴물! 괴물이 쫓아온다."

뒤따라 도착한 광치가 울음을 터뜨릴 것 같은 얼굴로 소리치자 불성의 표정이 더욱 굳어졌다.

광치 또한 타고난 천생의 무골. 어릴 적 머리를 크게 다치지만 않았으면 소화보다 낮다 높다 할 수 없는 존재가 되었을 아이였다.

그럼에도 무공만은 벌써 소화에 근접할 정도로 따라온 아이니, 소화와 광치 그 둘이 강호의 큰 복이 될 것임을 의심치 않았다.

"사형이랑, 열다섯 밤 동안 괴물, 끌고 다녔다. 괴물! 사람 잡아먹는다."

광치가 뚝뚝 끊어지는 목소리를 뱉었고, 간신히 숨을 고른 듯한 소화가 재빠르게 말을 이었다.

"사부님! 피해야 합니다. 사람이 막을 수 있는 것이 아닙……. 헉! 벌써!"

다급한 목소리를 내뱉던 소화가 기겁한 눈으로 고갤 돌렸다.

불성의 눈빛 또한 한 순간 크게 치떨렸다.

붉게 물들어 가던 낙조 아래로 시꺼먼 무언가가 넘실거리며 산자락을 뒤덮어왔다.

뭉게뭉게 피어나는 먹장구름처럼, 스멀스멀 내리깔리는 어둠처럼, 난주 외곽을 감싸고 있는 기련산 위를 뒤덮기 시작한 거대한 장막.

불성이 아득한 눈으로 시꺼멓게 내리깔리기 시작하는 장막을 올려다봤다.

하지만 그것도 잠시.

불성의 눈이 순식간에 깊고 그윽하게 변해 더 없이 담담하고 나직한 음성을 내뱉었다.

"물러나 있으라."

준엄하고도 웅장하게 느껴지는 그 음성에 소화와 광치는 감히 대꾸할 생각도 하지 못하고 부리나케 나루터 쪽으로 내달렸다.

불성이 벌써 산자락 정상을 타넘어 파도처럼 산자락의 끝과 끝을 뒤덮어 내리는 장막을 향해 한 걸음을 더 내디뎠다.

후우우우웅!

불성의 잿빛 승포 주변으로 한 차례 광풍이 일었다.

연이어 그 전신에서 은은하고도 밝은 빛이 뿜어 나오기 시작했다.

한 발을 더 내디딜 때마다 불성의 전신에 서린 광휘는 점점 더 밝고 영롱한 빛을 뿜어내기 시작했다.

쏴아— 아악!

모든 것을 집어삼킬 듯 휩쓸려 내리던 시꺼먼 장막이 일순간 거칠게 몸부림치기 시작했다.

"불조광휘!"

그 기경할 광경을 목격하던 장진무의 입에서 터져 나온 음성이었다.

그 주변의 화산파 장로들 역시 벌써 검을 뺀 든 후 경악에 빠진 모습이었다.

백팔나한 또한 일제히 항마봉을 치켜든 채 당장에라도 불성을 향해 뛰쳐나갈 태세로 그 사태를 지켜보고 있었다.

모두가 무언가 엄청난 위험이 도달하고 있음을 본능적으로 느끼고 있는 때, 불성이 신이한 이적을 펼치니 작게나마 한 줄기 안도감을 찾을 수 있었다.

마의 상극이란 항마력이었다.

그중에서도 가장 지고고 높은 경지라, 단지 전설 속에만 회자되는 여래의 빛이 바로 불조광휘였다.

그 이적이 불성에게서 펼쳐진 것.

황금빛 광휘는 점점 더 강렬한 빛을 머금었으며 거칠 것 없이 밀려오던 어둠의 장막은 마치 고통에 몸부림을 치는 것만 같았다.

그때였다.

촤아아아아악!

요동치던 거대한 장막이 일순간 하늘을 뒤덮을 듯 치솟아 올랐다.

저벅! 저벅!

장막을 뚫고 낮고도 둔탁한 발걸음 소리가 들려오기 시작했다.

시꺼먼 어둠 속에 드러난 시뻘건 두 개의 눈동자.

용암처럼 타오르는 두 개의 눈동자가 장막을 뚫고 불성을 향해 한 걸음씩 옮기기 시작했다.

온몸으로 찬란한 광휘를 뿜어내던 불성의 눈동자가 격하게 흔들린 것도 바로 그 순간이었다.

시뻘건 두 개의 눈동자, 그 눈동자를 본 순간 끔찍한 환영 한 줄기가 머릿속을 관통한 것이다.

내내 꿈에 보이던 부처가 나타났다.

자애롭던 부처가 피 흘리고 절규하고 고통스러워 몸부림을 쳤다.

유황불에 온몸이 타들어가 애원하고 절망하는 부처.

일순간 그 부처가 수백 개의 송곳니를 가진 흉측한 마귀로 변해 자신을 덮어왔다.

내 권능이 네 앞을 막지 않는 불멸하리라.

불성뿐 아니라 모두의 귓가로 들려오는 기괴하고도 두려운 목소리.

촤아아아아악!

하늘로 치솟았던 시꺼먼 장막이 삽시간에 금빛 광휘를 휘감았다.

후우우웅!

광휘는 안간힘을 쓰며 버텨내는 듯했지만.

쏴아— 악!

빛은 삽시간에 사라졌고 불성의 늙은 몸뚱이만 덩그러니 그 자리에 남았다.

출렁하며 다시금 하늘로 치솟은 어둠 앞에 선 불성의 육체가 그 순간 촛농처럼 녹아내리기 시작했다.

"사부님!"

소화의 처절한 목소리를 토해내며 뛰쳐나가려 할 때였다.

"안 돼유~! 안 돼!"

광치가 있는 힘껏 소화의 허리춤을 붙잡고 늘어졌다.

"사부님! 사부님! 사부님!"

소화는 실성한 듯 소리치며 육중한 덩치의 광치를 질질 끌며 시꺼먼 장막을 향해 나갔지만 누구 하나 말릴 엄두를 내지 못했다.

불성이 죽었다.

불조광휘를 펼치던 불성이.

마의 상극이라는 소림의 무학을 대성한 그 불성이 시커먼 진물이 되어 녹아버린 것이다.

"으으으으!"

항마봉을 세운 백팔나한들 속에서 들려온 음성이었다.

눈동자에 힘을 잃어가는 승려들이 속출했다.

백팔나한마저 그런 이들이 나타나는데 어림군 장수들이나 개방의 방도, 뗏목 위 흑회 인물들은 말할 것도 없었다.

벌써부터 주저앉아 부들부들 떨며 오줌을 줄줄 흘리고 눈을 까뒤집은 이가 대부분이었다.

"아미타불! 정신 차려랏!"

소림 승려들 사이에 불문의 사자후가 터져 나왔으나 단지 그뿐이었다.

항마의 공능이 담긴 그 무상의 절기 또한 이지를 잃어가는 이들 중 누구 하나 되돌리지 못했다.

아니, 오히려 역효과만 낸 상태였다.

촤아아아아아악!

불성을 집어삼킨 뒤 잠잠하던 시커먼 장막이 일순간 다시금 하늘로 치솟아 오른 것이다.

단번에 소림의 승려들을 덮쳐 올 듯 치솟은 장막.

그저 쳐다보는 것만으로도 두려움에 떨 수밖에 없었다.

"정신을 바로 하라. 사악한 술법일 뿐."

진무의 다급한 목소리였다.

"장문 사형! 저놈만 치면 됩니다."

연이어 신응담이 뽑아든 검끝으로 장막의 중심에서 비척거리는 괴인을 가리켰다.

진무를 비롯한 화산 장로들은 일제히 고개를 끄덕였다.

이 모든 기괴한 사술의 중심에 붉은 눈동자의 괴인임을 인지한 것이다.

우웅! 우웅! 우웅!

기다렸다는 듯 푸릇한 검강을 줄기줄기 뽑아낸 장로들.

"상대는 하나뿐이다."

진무의 두려움 없는 외침.

장로들 또한 단번에 장막의 중심에 선 괴인을 향해 뛰쳐나가려는 때였다.

"……!"

"……!"

비척거리는 걸음이 한 번씩 이어질 때 괴인의 숫자는 셋이 되고 아홉이 되고 또 삽시간에 십수 명으로 변해 버렸다.

그러고도 그 숫자는 점점 더 늘어나 순식간에 백여 명으로 불어난 괴인.

모두가 흠칫할 수밖에 없었다.

뒤쪽의 일대제자들이 황급히 달려와 함께 싸울 준비를 끝냈다.

정신을 잃지 않은 소림의 승려들 또한 맞서 싸우겠단 의지로 가득해 화산파와 나란히 섰다.

공교롭게도 양측에 선 수가 비등비등한 상황.

그렇게 마주 선 이들은 누구 하나 주저 없이 뛰쳐나갈 준비를 끝냈다.

마른 침이 절로 삼켜질 수밖에 없는 긴박하고 두려운 순간.

장막은 점점 더 다가왔으며, 시뻘건 안광은 점점 더 강렬한 빛을 뿜어내는 때였다.

그제야 진무는 불현듯 떠올릴 수 있었다.

"태사조님……."

다 알고 있었던 것이다.

이런 일이 벌어질 것이란 것을 모두.

"물러나!"

"……!"

"물러서야 한다."

진무의 다급한 목소리가 토해지자 장로들이 멈칫거리며 장문인을 봤다.

도열했던 소림의 승려 또한 마찬가지의 눈빛이었다.

도저히 이해할 수 없다는 얼굴. 도망칠 곳도 마땅치 않은 이 상황에 물러서서 대체 어떻게 한단 말인가.

"태사조님의 명을 떠올려라."

여전히 이해할 수 없다는 반응의 장로들과 일대제자들.

이 상황에 싸우지 않는다면 어찌하란 것인지.

그때 신응담이 나서 소화와 광치를 가리켰다.

전열에 선 모두의 시선이 두 사람을 향했다.

둘이 나타날 때를 떠올리는 이들.

그때서야 이해할 수 있었다.

저 두 사람이 여태 저 시커먼 장막과 괴인을 유인하며 산자락을 누비고 다녔다는 것을.

그 때문에 옥문관으로 진군한 병사들 또한 무사할 수 있었다는 것 역시.

"오실 것이다, 반드시 오신다. 그때까지 우리가 할 일은……."

"……."

"……."

"살아남는 것이다."

*　　　*　　　*

슝—!

검 한 자루가 섬뜩한 빛을 내며 쏘아졌다.

파라락!

허공에서 다급하게 몸을 뒤집은 염호의 옷자락이 거칠게 펄럭였다.

극심표를 펼쳐 막 연산홍 일행을 벗어나던 염호에게 갑자기 가해진 공격.

"방자한 놈! 여기가 화산인 줄 아느냐!"

연이어 검성의 노기충천한 목소리가 들려왔다.

검성의 손끝이 까닥거리는 순간 허공에서 기음이 터져 나왔다.

쉬이익! 쉑!

염호를 스쳐 간 검이 갑자기 방향을 틀더니 다시 한 번 염호를 향해 꿰뚫을 듯 쏘아졌다.

이기어검.

검강과 더불어 검학 최고봉인 무공이었다.

염호의 얼굴이 와락 일그러졌다.

등에 맨 패왕부를 꺼낸 염호.

슈악!

단번의 도끼질과 연이어 터진 엄청난 폭음.

콰쾅!

차장창창!

천지를 뒤흔드는 굉음 후에 산산이 조각난 검 조각이 힘없이 떨어져 내렸다.

"크어억! 쿨럭!"

한 움큼의 시뻘건 핏물이 토해져 검성의 새하얀 비단 옷자락을 물들였다.

휘청거리며 주저앉으려는 검성을 장강옥이 다급히 부축했지만 그 은회색 눈썹은 미친 듯이 떨리며 염호를 향했다.

필생의 공력이 담긴 검이 너무나 간단히 박살 난 것.

"으으윽!"

도저히 믿기 힘들다는 듯 염호를 올려다보는 검성.

고작해야 열댓 살의 소년에게 당한 참혹한 패배였다.

그 주변으로 사대무단의 무인들이 일제히 염호를 향해 검을 세웠다.

하지만 염호는 너무나 무표정했다.

허공에 둥실 뜬 채 검성이 자리한 곳과 가야 할 난주 방향을 번갈아 쳐다보는 염호.

"만약에 말이다."

"……."

"우리 애들한테 무슨 일 생기면. 니들은 다 내 손에 죽어."

『마 in 화산』 6권에 계속…

용병귀환

유왕 판타지 장편 소설

수십 년 전, 용병왕의 등장으로 생겨난
왕국과 용병의 세계.
평소엔 한없이 가볍지만 화나면 누구보다 무서운,
놀고먹고 싶은 그가 돌아왔다!

하지만 바람과는 달리 과거 그의 앙숙과 대륙의 판도는
도저히 그를 놓아주질 않는데…….

"용병은 그냥, 돈 받고 칼을 빌려주는 놈들이니까."

그의 용병 철학은 단순했다.

"물론, 누구에게 빌려주느냐가 문제겠지?"

Book Publishing CHUNGEORAM

유행이 아닌 자유추구 -
WWW.chungeoram.com